美文馆

【环保中国·自然生态美文馆】

可可西里的狐狸

主编⦿马国兴　吕双喜

郑州大学出版社

图书在版编目（CIP）数据

可可西里的狐狸/马国兴,吕双喜主编. —郑州:
郑州大学出版社,2015.6(2023.3 重印)
（环保中国·自然生态美文馆）
ISBN 978-7-5645-2284-1

Ⅰ.①可…　Ⅱ.①马…②吕…　Ⅲ.①小小说-小说
集-中国-当代　Ⅳ.①I247.8

中国版本图书馆 CIP 数据核字（2015）第 097879 号

郑州大学出版社出版发行
郑州市大学路 40 号　　　　　　　邮政编码:450052
出版人:孙保营　　　　　　　　　发行部电话:0371-66658405
全国新华书店经销
三河市鑫鑫科达彩色印刷包装有限公司印制
开本:710 mm×1 010 mm　1/16
印张:13
字数:194 千字
版次:2015 年 6 月第 1 版　　　　　印次:2023 年 3 月第 3 次印刷

书号:ISBN 978-7-5645-2284-1　　定价:42.00 元
本书如有印装质量问题,请向本社调换

"环保中国·自然生态美文馆"

总策划、总主审

杨晓敏　骆玉安

编委名单

主　编　马国兴　吕双喜

副主编　王彦艳　郜　毅

编　委　连俊超　李恩杰　李建新

　　　　牛桂玲　胡红影　李锦霞

　　　　段　明　孙文然　郑　静

　　　　梁小萍　郑兢业　步文芳

序

在当下的文学大家族里，一些具有良好文学潜质的小小说作家，在经过多年的创作实践后，不仅在掌握小小说文体的艺术规律上愈加稔熟，能在字数限定、结构特征和审美态势上整体把握到位，而且在创作上有意识地思考，即在选择题材、塑造人物和表现形式上，也彰显出个性化的自觉追求。

比如，小小说作家在自然生态题材领域的探索，就为这个新兴文体的良性生长注入了鲜活的元素。

作家首先是一个人、一个公民，不能丧失人类良知和社会使命感。同理，作家首先是自然的一分子、自然的儿女，不能丧失生态良知和自然使命感。在愈演愈烈的生态灾难危及整个自然、整个人类之存在的时期，众多的小小说作家，以自己艺术化的作品，直面不断恶化的生态现实，反思人类陈旧的思想观念，赢得了读者的尊重与喜爱。

《环保中国·自然生态美文馆》丛书，集中展现了小小说作家以独特的艺术形式，探讨具有普适性的自然生态思想问题。

蔡楠的《行走在岸上的鱼》，传导多层面的文化信息，以诡异的题旨、唯美的笔调、梦幻一般的结构、强烈的批判意味，不动声色地解构现代文明在提升人们生存质量的同时，囿于人类无节制的欲望，正在把难以负重的大自然，一步步挤压得窘迫无奈，连鱼儿也出水逃逸。在作者眼里，什么都是可以变异的。所谓文明也是一柄双刃剑。人既可以用自己的聪明才智，创造出征服自然的硕果，当然也可以滋生为一种贪婪无度，来吞噬掉人类与大自然和谐相处的生态家园。

申平的《绝壁上的青羊》，注重象征手法的使用和宏大主题的有效表达。作者写一个农民为给儿子治病，不惜铤而走险到绝壁上去猎杀青羊。青羊本身就非常弱小，被人类和猛兽逼上绝壁；而农民同样作为弱势群体，因为看不起病而被逼上绝壁打猎。这两个弱势代表在绝壁上相遇，最后农民发现青羊怀孕而不忍心杀害它。农民最后挂在绝壁上，远远望去就像是一只青羊。这种象征意义远远超出了作品的主题本身，形成了一种非常形象而强大的冲击力。

非鱼的《荒》，结构奇崛，题旨宏大，语言叙述张弛有致。作者把政治、社会、人生、环境等重要元素糅合在一起，反诘着振聋发聩的古老命题。一种精神上的空虚几近令人崩溃，无处可遁。在不到两千字的篇幅里，作者以犀利的笔锋，剖开社会生活的截面，以清晰可鉴的年轮印痕，折射出人类进化史的缩影，也是小小说"微言大义"在主题指向上的鲜明体现。

安石榴的《大鱼》，立意高远，结构精当，叙述从容，留白余响。人类的文明进步和大自然的原始形态能否和谐相处，一直是一组被反复拷问的矛盾。人应该靠自律和品行的升华，才能为这个世界乃至自身带来福音。不仅仅是"打死也不说"，而且是"打死也不做"。作品的叙述不疾不徐，流淌诗意，故事情节虽呈跳跃性，表述起来却十分工稳内敛，环境、人物、气氛与题旨恰如其分地糅合在一起。

袁省梅的《槐抱柳》，以诗意的语言、不断变换的视角，描写了一位与恶劣环境抗争的老人。作者笔下倾注了全部温情，把忧心和倔强、淳朴和狡黠表现得淋漓尽致，艺术地展现了生活的真实性和人物的典型性。这里，人与自然之间相互关照的理想主义思绪在鼓荡，成为一种诉求。人如此，树如此，一个村庄如此，一个民族巍然亦是如此。于是老人与树融为一体成为一种寓意、一种象征。

此外，孙春平的《老人与狼》、陈毓的《假若树能走开》、刘建超的《流泪的水》、刘国芳的《但闻人语响》、夏阳的《好大一棵树》、曾平的《村子》、何晓的《一个人的古树名木》，等等，这些代表性作家和优秀作品所折射出来的才华，以及对社会、人生、文学的深层理解，即使和从事别样体裁写作的同行比较，也不逊其后。

阅读这些以美感丛生的语言质地表达出复杂含义的佳作，不由得让人产生深层思考：

人类自鸿蒙初开，一路走来，整天把"征服自然，改造自然"的口号作为自己骄傲的旗帜，而今数千年过去，人类社会似乎是愈加趋于高度文明了，可扪心自问，由于携带着人性的丑恶和私欲，我们在栽种绿树鲜花之时，还注入了多少蒺藜的种子使我们自吞苦果？

农药使田野的鸟儿濒临绝迹,污染的江河不再清澈,一个巴掌大的山塬桃林,竟能成为方圆百里的风景名胜。在几乎是钢筋水泥构成的环境里,人类还能为孩子们谱写鲜活的童话吗?

在急功近利地提升物质生存指标时,如果不铲除贪婪、掠夺和占有的毒瘤,社会生活必然滋生浮躁、罪恶和恐惧,人类自己的灵魂将在哪一片净土上栖息?

显然,只有推行环境保护和修复心灵的工程,天、地、人才能和谐相处,世界才不至于畸形和扭曲。每一个人都是自然生态的接口,自身的积极努力必会促使自然生态的提升,谁也不要看轻了自己。

是为序。

杨晓敏

2015 年 1 月

目录

老人与狼　　　　　　　　　　　孙春平　001

老人与蛇　　　　　　　　　　　孙春平　006

老人与鳖　　　　　　　　　　　孙春平　010

打猎　　　　　　　　　　　　　阿　成　014

黄羊泉　　　　　　　　　　　　谢志强　017

棍子行动　　　　　　　　　　　谢志强　020

雪山哨卡的小草　　　　　　　　谢志强　023

大鱼　　　　　　　　　　　　　安石榴　026

全素人　　　　　　　　　　　　安石榴　029

但闻人语响　　　　　　　　　　刘国芳　032

树　　　　　　　　　　　　　　刘国芳　035

我们听到青蛙的歌唱　　　　　　刘国芳　038

燕子　　　　　　　　　　　　　陈建中　041

红狐　　　　　　　　　　　　　刘立勤　044

一个人的村庄　　　　　　　　　刘立勤　047

疗伤　　　　　　　　　　　　　石　鸣　050

随风远去的夏天　　　　　　　　石　鸣　053

一条被流浪的蛇　　　　　　　　徐　威　057

绝招 .... 徐 威 060

远去的铁包金 .... 佚 名 063

拯救 .... 曾向阳 066

捅啥别捅燕子窝 .... 杨列宝 070

就要那棵树 .... 伍中正 074

倾听 .... 伍中正 078

舞台 .... 伍中正 081

牧童与白鹭 .... 邢贞乐 084

断章 .... 徐常愉 087

外星人的礼物 .... 许 章 091

寻狼 .... 申 平 094

狼围 .... 申 平 097

小狍子 .... 申 平 100

蚕逍遥 .... 闫凡利 103

蝶在舞 .... 闫凡利 107

闵一刀杀牛 .... 闫凡利 111

两只蝴蝶 .... 张学荣 114

长腿 .... 杨祥生 117

鳗鱼灯 .... 杨祥生 120

王小水的水 .... 徐水法 122

坚守 .... 孟宪歧 125

栽下一棵万年青 .... 孟宪歧 128

诱捕 .... 孟宪歧 131

寻梦 .... 侯发山 134

老人与天鹅 .... 侯发山 137

2

城市里的树　　　　　　　　　　　　崔　立　139

最后的麦收　　　　　　　　　　　　徐国平　142

鸟伴儿　　　　　　　　　　　　　　徐国平　146

打鸟　　　　　　　　　　　　　　　刘　林　149

猎　　　　　　　　　　　　　　　　刘　林　152

蛇　　　　　　　　　　　　　　　宋以柱　156

哑巴　　　　　　　　　　　　　　宋以柱　160

观音豆腐　　　　　　　　　　　　　衣　袂　163

可可西里的狐狸　　　　　　　　　王宗仁　166

屋顶上的守望　　　　　　　　　　吴克敬　169

小虫儿唱　　　　　　　　　　　　赵长春　172

四芽儿　　　　　　　　　　　　　赵长春　176

桃花坞　　　　　　　　　　　　　刘靖安　179

乌夜啼　　　　　　　　　　　　　刘靖安　182

屋顶上的油菜花　　　　　　　　　刘靖安　185

坚持树　　　　　　　　　　　　　许　仙　188

犬祭　　　　　　　　　　　　　非花非雾　190

麋鹿安亚尔　　　　　　　　　　毛毛虫　193

老人与狼

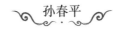

孙春平

一场大雨,山体滑坡。

雨后,佟二爷看过灾后的庄稼从山里回来,手里的褂子兜着一只山兔大小嗷嗷乱叫的小东西。他将小东西塞进空闲的兔笼里。

佟二奶在屋里听到怪异刺耳的叫声,掀窗问:"你整回个啥?"

佟二爷说:"小狼崽子。"

佟二奶大惊,说:"你想惹祸呀? 狼群找上门来,还不要了你的命?"

佟二爷说:"塌方了,一窝狼都被砸死了,哪还有狼群?"

佟二奶说:"这一窝没了,远处还有呢。"

佟二爷说:"真找上来再说。"

佟二奶说:"没狼群,这东西也养不得,长大了是祸害。"

佟二爷说:"未必。我听说还有狼捡了人的孩子养大的呢。叫狼孩儿,可见这东西也讲仁义。"

佟二奶说:"你见啦?"

佟二爷说:"见不见的,等我把这小东西侍弄大再说。"

在这家里,佟二爷的话就是圣旨。佟二奶是个病秧子,在家烧饭补衣还行,又一辈子没生养,所以总觉欠着什么,逆来顺受的,惯了。

家里的大黄对着兔笼汪汪地叫。

佟二爷呵斥："叫什么叫？它跟你同宗，不认亲啊？"

大黄叫了两天，也就接受了同宗兄弟，有时还趴在笼前和小狼互相舔嗅。

家里还养着几只羊。羊天性怕狼，即使是看见一只乳臭未干的小狼崽儿，也都吓得瑟瑟地抖。佟二爷走过去拉母羊，打算让它给小狼喂奶，可母羊乱躲乱撞，累得佟二爷一身大汗。

佟二奶隔窗解恨，说："该，活该！"

佟二爷只好挤了一碗羊奶，送到兔笼里去。小狼先是惊悸地望，后来真是饿得受不了了，就凑到碗前舔了一口。有一口便有两口、三口，很快，那碗见底儿了。三五天后，羊们不抖了，小羊羔也开始在兔笼前活蹦乱跳，咩咩地叫。

小狼长大了，在兔笼里转不开身。佟二爷趁羊在山上吃草的时候，手里备根棒子，打开了兔笼。小狼蹿出来，愣愣神儿，立刻跟大黄厮滚嬉闹在一起，那样子像极了久别重逢的孩子。佟二爷扔了棒子，开心地笑了。

佟二爷从此管小狼叫大灰，喂大黄吃什么，就喂大灰吃什么。上山干活儿时大黄跟在身后，大灰也一路随着跑。但大灰毕竟野性太足，见了牛马驴，便跃跃欲试地往前凑，惊得那些大牲口挣扯缰绳直要跑，甚至软了腿脚淋了尿水。

乡亲们找到佟二爷，说："牲口让你的宝贝吓破了胆，都不好好下力种地了。"

佟二爷赔笑说："我的大灰只是淘气，慢慢就好了。"

乡亲们气愤地说："这是吓唬了牲口，要是吓着家里的孩子，我们跟你没完！"

佟二爷也觉无理可辩，就用铁丝编了个笼嘴，再带大灰出门时，就给它像驴马样戴上，还在脖上拴条链子，牵着，干活儿时拴在地头树上。

到了秋天，大灰已长成一只接近成年的狼。远方的狼群不知通过什么信息手段，知道了小山屯里有一只它们的同类，每当夜深，便跑到村外长一声短一声地呼嚎。

乡里派来干部，还来了个腰间别着手枪的警察。他们面色挺温和，口气却严厉，说："你老爷子保护野生动物，这没错。但要保护，你就把狼放回山里去，这么养着，不利于狼的生存，也危及乡亲们的安全。"

佟二爷倔倔地问："我要不放呢？"

警察把手枪掏出来，做出向老鸹窝瞄准的样子，说："要文有文，要武有武，办法有的是。"

佟二爷知道再不能把大灰留在家里了。当夜里又传来狼嚎声，他便牵了大灰往屯外走，隐隐地已见夜色中有狼的眼睛幽幽地逼近来。

佟二爷解开链子，说："去吧，好好活着，不许祸害人。"

大灰似乎听懂了佟二爷的话，伸出舌头在佟二爷掌心里舔。

佟二爷心酸上来，一下一下摩挲着大灰脊背上已长硬了的毛，说："想家了，就回来看看。"

佟二爷说完，铁着心肠在大灰屁股上拍了两下，便返身回了屯子。

好长时间，佟二爷夜里常梦见大灰在自己身边蹦蹿，醒来再也睡不着，起身坐到院当中去，痴痴地望着昔日大灰卧过的地方。

佟二奶责怨他，说："你也上山去吧，你当狼的头儿，大灰是你孙子呀……"

寒冬来了。这天夜里，佟二爷忽然听见房门沙啦沙啦响，还听大黄汪汪叫。

佟二奶说："你去看看，是不是大黄嫌外头冷，要不它挠门干啥？"

佟二爷起身开门，便见月光下，院当中丢着一只死山兔。

佟二爷提了山兔回屋说："大黄邀功呢。"

过了几天，夜里大黄又挠门。

佟二爷再提回一只野鸡时，佟二奶就起了疑心，说："大黄虽懂事，以前可从没半夜三更出去捕过食。它怎么出的院门呢？"

正巧那夜下了雪，佟二爷天亮打开院门，见雪地上留着一溜儿狼的脚

印,眼睛便一下直了。

"大灰回家来啦!大灰会捕食啦!大灰捕到野鸡、山兔舍不得吃,送回家来报恩啦!"佟二爷疯了一样往屋里跑,嘶声地喊,"是大灰孝敬的我,是大灰呀!"

佟二奶起初还不信,可佟二爷扶她到院门外看了,昏花的老眼也湿润了,喃喃地说:"这孩子……这孩子呀……"

佟二爷夜里又睡不着了,裹了大衣坐在房门口,木雕一样坐了一夜又一夜。

大灰果然又来了,叼了一只山兔在大开的院门外徘徊。

大黄跳起身欲去迎接,佟二爷把它按住了,向外招手:"大灰,你来,你过来。"

大灰机警地东张张,西望望,然后一溜儿碎步跑进来,硕大的脑袋往佟二爷怀里扎,长长的舌头又在佟二爷粗大的掌心里舔。大灰已是一只健硕的成年狼啦!

大灰反哺报恩的事传开了,记者跑来采访,说:"我把电视台的请来,等大灰再回来看你,我们录录像,行不?"

佟二爷摇头,说:"大灰怕生人,拉倒吧。"

记者又说:"那我留在这儿,给你和大灰照张相。"

佟二爷说:"你那照相机贼光一闪,别说大灰,连我都吓一跳。狼最怕光你知道不?"

照片没拍,记者的文章还是发了出来。

半个月后的一天夜里,佟二爷正睡得香甜,忽听外面轰然一响,急忙翻身坐起。是火药枪的声音。

佟二爷叫声"不好",说:"这是有人在暗算大灰啦!娘的,暗算到家门口来啦!"

他顾不得披衣趿鞋,急往外跑,眼见院门外丢着一只山兔,一溜儿血迹淋出屯子,直向山林中去了。

佟二爷恨得跳脚骂："你们这帮两条腿的畜牲，哪如我的大灰啊！"

大灰生死不明，从此没了踪影。

佟二爷大病了一场，屯里人安慰他，说："夜里在屯外还见过大灰呢，只是转来转去，不肯进屯。"

佟二爷信以为真，病好后去山林里转了好多日子。

佟二爷一下苍老了许多。

环保中国·自然生态美文馆

老人与蛇

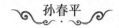

孙春平

　　我当年下乡插队的屯子叫徐家台,位于大凌河畔,村西有片涝洼地,荒草萋萋。

　　乡亲们一次次提醒,说:"那片洼地可不能去,那里长虫多,且多为毒蛇,若被咬了一口,小命还是不是你的都很难说。"

　　惊得知青们不禁色变。

　　乡亲们又说:"咱屯也就徐老顺不怕蛇,三伏天他敢脱光了膀子钻进荒洼睡大觉,出来时保证屁事没有。"

　　说得我们又将信将疑。

　　徐老顺是生产队的车老板,大鞭子一甩惊天动地,很精壮也很粗豪的一个人。

　　那年蹚二遍地时,我给掌犁的徐老顺牵牲口。

　　歇息时,我问:"有人叫你顺蛇天王,真的假的?"

　　徐老顺指了指那片荒洼,迈步便走,我怯怯地跟在他身后。突见一条俗称野鸡脖子的毒蛇从草丛里蹿出,飞快而逃,徐老顺大喊一声"嗨",那蛇好像中了定身法,立刻停在那里不动了。徐老顺走上前,让人难以置信的神奇一幕出现了:只见他把手伸出去,那蛇便乖乖地爬到他掌上,盘成一坨再也不动。

我看得目瞪口呆,徐老顺说:"以后你少招惹这东西,真要出个闪失,后悔都来不及。"

我问:"那蛇为啥怕你?"

徐老顺说:"我也说不清,我三岁时就敢跟蛇在一块玩。长虫这玩意儿,不论有毒还是没毒的,你不招惹它,它也不祸害你。大小是条命,咱祸害它干啥?再说,它还专吃耗子,耗子可是败家的东西。你说是不?"

我后来抽工回城,进了报社,一晃儿二十多年过去了。前几年,我听说徐家台出了个养蛇专业户,很自然地想到了徐老顺,便急急跑去采访了。

养蛇场就建在那片荒草洼上,水泥板墙圈成好大一个院子,院里一座白色的三层小楼,还有几大排蛇笼。蛇笼也是水泥筑就,上面罩了一层很细密的铁丝网。

场主却不是徐老顺,而是他的儿子徐军。

徐军说:"我爹只管抓蛇,让他养、让他卖都整不明白,还老跟我嚷嚷。这是又到河洼里转去了。"

徐老顺是踏着晚霞回到养蛇场的。老人已瘦削佝偻得厉害,全没了往日的精壮,跟我叙旧时一直倒背双手,手上提着瘪瘪的布口袋。

徐军说:"爹,先把蛇放到笼里再聊吧。"

徐老顺便将袋里的三条蛇倾进笼里。

我问:"这东西不好抓了吧?"

老人诡秘一笑,小声对我说:"虽说没有前些年那么多了,可一天弄个几十条还不难。我是轰不动大牲口啦,又不想白吃白喝看他们的白眼,要不,哼,就这三条,他也休想!我是专挑有毛病的给他带回来,不然也不能生儿育女啦!"

我又问:"就为抓三条蛇,不过你老抽袋烟的工夫,怎么一走就是一天?"

徐老顺说:"我顺河套溜达,累了,找处阴凉躺下歇,找来几条粗大些的长虫,让它们趴在我身上,那东西凉啊,三伏天在这心口窝一盘,喷,那美劲儿,甭说啦!我说这个,别人兴许不信,侄小子你能信吧?"

我有些听呆了。那是一幅何等美妙的天人合一图景：蓝天白云，清流碧草，一位白发老人袒胸露腹，静卧草中，几条蛇在他身上温顺地盘卧……

老人愈发显出孩子般的天真，很神秘地对我说："我再跟你说件奇事。过大坝往西，有一片瓦刀形的草滩，草滩里有条小白蛇，二尺来长，通体银亮，稀罕死个人！那小东西打去年夏天就跟定了我，只要我一进那片滩，它就欢欢地跟在后面。我躺下，它就盘到我脖上来。你说奇不奇？"

大凌河是条桀骜不驯的河，只要上游地区下暴雨，下游河道便浊浪汹涌，流量不亚黄河汛期的势头。去年夏天，一场洪水过后，有人提供新闻线索，说大凌河畔有一养蛇大户，大水到来之际，为了防止毒蛇伤害护坝军民，不惜蒙受巨大财产损失，将圈养的毒蛇全部斩杀，而场主的父亲却不幸死于蛇口。我立刻想到徐老顺，大惊，也大疑：一个视蛇如子，又天生让蛇畏惧的老人，怎么可能？

但死去的的确是徐老顺！那天，指挥部紧急通知，说洪峰正向下游迅猛推进，要求立即组织沿岸民众疏散。徐军得到消息，命令雇工在撤离前将所有的蛇笼用铁网紧紧拧死。

徐老顺急了，说："人的命是命，蛇的命就不是命啦？这么一整，大水真要下来，几千条蛇可就全完啦！"

徐军说："水崩坝我认倒霉，只要大坝没事，这些活物就还是我的。"

徐老顺见儿子不听商量，转身进楼，砰地关死了楼门，扔下话："那我就跟蛇在一起，不走啦！"

徐军追过去，扯破嗓子喊："爹，这是啥时候，你还赌气？水火无情啊！"

徐老顺骂，说："人呢？人也不讲情义？你吃的喝的住的，啥不是指望着这些活物？眼看大限到了，你撒丫子跑人，却连条生路都不给这些活物留，你还是人吗？"

徐军急了，命令雇工破窗入室，拖他出来。

徐老顺蹬梯上了楼顶，说："你要再逼我，我就一头扎下去，先摔死给你看！"

儿子无奈,说:"爹你可千万不能下楼。咱这楼清一色水泥砌成,一般的水势冲不倒它。您老保重吧!"

徐老顺眼看着人们撤离而去,就下了楼,找了根铁棍,急慌慌把所有蛇笼的铁网都撬开。蛇们似也知道情况危急,滚涌着冲出笼门,四散窜逃。

但就在这时,大门外摩托车响,乡里的通讯员隔着大门冲里喊:"老顺叔,乡长派我送话,说有毒的蛇一条也不许放出来!大坝上抗洪的军民上万,只怕毒蛇伤人啊!"

徐老顺一时呆怔:"刚才光想救蛇,咋就忘了这茬儿?"

他扔下铁棍,转身抓起一把铁锹,见了毒蛇便劈,便拍,满面是泪,嘴里叨念:"别怪我徐老顺无情,人命关天,孩子们啊……"

徐老顺斩蛇这一幕,通讯员尽收眼底。就在他转身跨上摩托时,凄厉的警笛声响彻了天地。大水就是在那个时候排山倒海冲漫过来。好在不是大坝崩塌,而是洪水从支流倒灌,附近几个乡镇顿时变成一片汪洋。

大水过后,人们在小楼顶上找到了徐老顺。徐老顺仰卧楼顶,双目微阖,神色安详,看不出死前有痛苦挣扎的迹象。令人惊异处,是最先登到楼顶的人曾看到徐老顺的胸口盘了一条白白亮亮的小蛇,见人们近前,便哧溜一下逃走了。细察徐老顺的遗体,只在脖颈处发现了两点细浅的齿印。是蛇伤,毒液便是从那伤口浸入了他的体内。人们大惑不解,蛇虫惧他,如鼠避猫,怎么这一次就偏伤了他,而且一口夺命? 难道真是天意吗?

我参加了徐老顺的葬礼。乡里考虑到徐老顺有保护抗洪军民的大义之举,批准可以土葬。部队还派来一个少校军官和一个排的士兵。当民间乐手吹起高拔哀绝的唢呐,棺木缓缓落入墓穴那一刻,众人眼见有一条白亮小蛇从脚下草丛里蹿出,眨眼间便钻到棺木下不见了踪影。徐军大惊,揣在手里的铁锹停住了。

我对他说:"大伯说过,他有这么一个朋友。它要陪伴老人,就让它去吧。"

少校挥手,士兵们的枪声震耳般炸响,那余音在天地间久久回荡……

老人与鳖

孙春平

　　老鳖,民间又叫王八、元鱼,据说吃了大补。近些年这东西大凌河里越来越少,几乎绝迹。至于为啥,地球人都知道,不说了。

　　大凌河边有个老头儿,八十来岁了,无儿无女,老伴儿也早就过世,自己孤苦地过日子。除了侍候地里的庄稼,老头儿还有个独特的本事,就是到河里捉鳖,所以屯里人都叫他鳖爷。若问怎么捉,却从没有人见过,就知鳖爷没事时常顺着河套溜达,有时一走能走出去好几十里。

　　有人找到家,说:"老爷子呀,帮弄两只王八吧,家里有病人需大补,大夫开出方子啦。"

　　鳖爷问:"要多大的?"

　　来人比着手势说了斤两,鳖爷说:"后早来取吧。"

　　第三天清晨,果然就有两只圆圆黑黑的带盖活物用网袋网在水缸边。

　　野生的比养殖的值钱得多,鳖爷一年只需有上这么三两回,就把清清贫贫的日子过下来了。

　　也曾有年轻人好奇,想偷艺,听说有人订了货,入夜时就躲在鳖爷家的外面,见鳖爷进了河套,悄悄跟在后面。可鳖爷警醒得很,三绕两绕的,就把跟着的人绕丢了。想偷艺,没门儿。

　　今年春上,乡长听说县长老爹要过八十大寿,打发秘书送来一千元钱,说要两只两斤重的。

鳖爷说:"河里这东西早让人打绝了,哪还有那么大的?"

秘书说:"没两斤的,斤半的也成。"

鳖爷说:"没了种,哪有苗?斤半的也没有。"

秘书又说:"乡长要得不急,县长老爹过寿还得十天半月呢,你慢慢抓。"

鳖爷说:"你等一年也没用,你不知道那东西长得慢?"

秘书回去交差,乡长怪他不会办事,又亲自坐车跑来,还提来好烟好酒。

鳖爷倔哼哼地说:"我说没有就是没有,要不你把我塞进麻袋给县太爷提去?"

乡长肚里有气,脸上干笑,心里不甘,便派人找来两台抽水机,抬到河套里的一处深潭边,又命人打堰阻水,断了河道。春日河瘦,很多地方已断了流,极易筑堰拦水。所谓潭,就是河流在某个地方转得急,日久天长便冲出一个大坑,窝出一洼轻易难干的水。一切停当,乡长命令拉闸抽水,他要干杀鸡取卵的勾当,不信老鳖还能飞到天上去。

鳖爷听了消息,跌跌撞撞往潭边扑,口里喊:"你们要干啥?你们要干啥呀?"

一个瘦高汉子伸胳膊拦住他:"乡长花高价求你,你只是不应,我们自己清潭捉鳖还不行啊?"

鳖爷撕挣着喊:"抽不得,这水抽不得呀!"

瘦高汉子冷笑:"怎么抽不得?这潭是你家的?"

"我……我不活了!"鳖爷跺着脚,要往潭里跳。

站在潭边的乡长黑了脸,喝了声"胡闹",立刻有人将鳖爷死死地拦住了。气愤的鳖爷四下看了看,抱起一块河石往水泵前冲。

乡长把烟尾巴往地下一摔,一脚踩熄,冷冷哼了声:"反了他!"

鳖爷想砸水泵自然又是砸不成。

一个风烛残年的老人,哪里是一群精壮汉子的对手,鳖爷腿一软,瘫坐在地上放声哭起来:"你们太狠啦,要绝根啊,要遭老天报应啊!"

　　说话间，只听一片欢呼，就见有人从潭里一身泥水地抱上两只令人吃惊的大鳖来，足有脸盆大小，青幽幽的鳖盖上泛着暗绿的光。鳖爷怔怔神，不哭了，突然伏在地上磕头，磕得地皮咚咚响。眼看那额上就青紫了，红肿了，浸出殷殷血丝，围观的人们一下噤了声。

　　瘦高汉子是乡里养鳖场的场长，悄悄对乡长说："这两个可是宝物，少说也有上百年，咱先放鳖池里，我出高价收养。再去别处抓抓看，行不？"

　　乡长说："现在谁有钱谁是爷，你说行，我还敢说不？那就再抓抓看吧。"

　　众人又奔了别的潭。

　　鳖爷被人扶回家里，不哭不笑，不吃不喝，木头样直挺挺地躺了一天一夜。到了夜里，不知什么时候又神不知鬼不觉地出去了，早晨回来时，麻袋里竟又背回两只个头儿也不算小的老鳖。鳖爷将老鳖放进水缸里，仍是闭门不出，只是坐在缸前发呆，饿了就煮几个鸡蛋，一边吃一边捏掰了渣末喂鳖。这一坐又是三天。

　　傍晚，老人将两只鳖背到养鳖场，对场长说："这是我这辈子抓的最后两只王八，往后再不吃这口饭了，大凌河里不说绝了这东西，也差不哪儿去了。我给你送来，千万不能送人，送了人就难免被人宰杀，斩尽杀绝的事再不能干啦！"

　　场长心里高兴，连说："放心放心，你老爷子舍不得，我更舍不得呢。"

　　鳖爷眼看着场长把两只王八放进了养鳖池。那池墙半人多高，清一色水泥筑就，足有尺多厚，四周又架上了防盗电网。

　　场长得意地说："我这叫固若金汤，贼想偷，妄想；鳖想逃，除非长出翅膀。我也不能白要你的，你老爷子开个价吧。"

　　鳖爷从怀里摸出一叠子钱，足有几千元，说："我金盆洗手，往后谁再看我干这个，我就变成头缩肚里、背后有盖的东西。往后，我连房子院子还有这票子，都交给敬老院，估摸也够我最后几年阳寿的粗茶淡饭了。你的钱，我一分不要，你要觉得过意不去，今晚就请我喝顿酒，你把场里的人都叫上，有几句话，我还想当面跟老少爷们儿说道说道呢。"

那一夜，场里人都喝高了，连打更的都喝醉了，蜷在更房里呼呼大睡。鳖爷从没喝过那么多的酒，也滚在更房里睡了一夜。

天亮，人们酒醒了，惊得一片大呼小叫。真是做梦也想不到啊，只见养鳖池内，贴着一角，大大小小的鳖们竟叠垒起一个塔形鳖堆，高度直与那池墙平齐，眼见着有鳖正慌慌急急顺着"塔体"爬到池沿上，先是跌下地面，然后再钻过电网，直向四野逃去。池内哪里再有那几只野生老鳖的踪影，眼见那几只野生鳖才是胜利大逃亡的主角，早已率先遁匿了。那场长先是惊愕，后是着急，吆喝人赶快顺迹捕抓，却只捡回些逃出不远的养殖小鳖，那几只野生鳖像插了翅膀一般，黄鹤一去，杳无踪迹了。

鳖爷也去池前看了，看过后扭头就走，倒背着手仰面大笑："此乃天意，老天有眼啊！"

惊得人们远远地望他，突然间觉得他也成了精怪。

打 猎

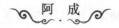

阿 成

　　在达斡尔族护猎员桑的带领下(只有达斡尔这样的少数民族可以打猎,当然是打那些允许打的猎物,比如野兔。打国家保护动物是违法的),我们开着一辆伤痕累累的吉普车(反而有一种野战的风度),进入了一望无际的大甸子。开始,我们以为护猎是到森林里去,隐蔽在树林里的某处等待偷猎者的出现。其实不是,是在大荒甸子上寻找偷猎者。

　　正是收获的季节,金色的玉米地像莫奈笔下的油画,像梵·高笔下的秋天,十分的迷人,很辽远,很开阔。开着像战车似的吉普车疾驰在七沟八梁的大荒原上,那种感觉非常的不寻常,非常的男人,当然,车也非常的颠。可以这样说,要是让我们在陆地上做出那种剧烈的被颠的动作,肯定是做不出来的。

　　几个人抱着枪坐在被桑开得飞快的吉普车里,很快就有一种美国大兵的感觉。吉普车前面的玉米秆已高过吉普车的机器盖子了,两边的玉米秆刮着机器盖子发出"哗啦哗啦"的声音。在大坡地上横穿的时候,感觉吉普车要翻过去了。开始的时候,那个窄脸的诗人忘情地抱着猎枪不由自主地进入了角色,摆出一副美国大兵的样子,还很得意的。

　　但是,没想到车子会这样颠,终于,那位窄脸的诗人有点害怕了,干哑着嗓子跟桑说:"桑,停下车吧,把枪放到后备箱里去好不好?"

很显然,车这么颠,他担心猎枪万一走火,砰一声,直接就自毁了(诗人是喜欢想象的,估计连自己倒在血泊里的情景都"看"到了)。

其实,上了车,桑就跟两个抢着抱枪的诗人说:"枪管不要冲着自己,也不要冲着别人,小心走火。"

桑是这儿的护猎员,他的任务,主要是阻止偷猎野鸡之类的飞禽。桑说:"野鸡一般下午三四点钟才出来觅食,在太阳将落未落的时候它们才会出来,这时候它们都跑到玉米地里找粮食吃去了。偷猎的人一般都选在这个时候打野鸡和沙半鸡。"

我们听了都直点头,反正我们什么也不知道。

桑说:"野鸡和沙半鸡非常傻,比如你打其中的一只,枪响之后,另外几只也不会跑。"

我说:"不对啊,桑,不是有个脑筋急转弯儿嘛,树上十只鸟,打掉一只还剩几只?"

桑说:"要是麻雀,树上就一只也没有了。但沙半鸡,打掉一只,肯定还剩九只。"

那个胖脸的诗人说:"这一点有点像诗人。"

我们在这个大甸子上跑了两个多小时,什么也没发现,无论是偷猎者还是允许打的野兔,都没看到。

桑看到我们有些失望的样子,便说:"好,咱们开枪打打麻雀吧,过过枪瘾。"

胖脸的诗人说:"行,不管咋说,我们一人扛一只麻雀出去也挺好的,像英国漫画一样。"

正打算停车的时候,远处突然传来了枪声,桑立刻开车朝着枪响的方向疯跑。车都快颠翻了,我们一个劲儿地劝他慢点开,可怎么劝也劝不住。此时此刻,我们已经被颠得满脸憔悴,一脸苦难,这才知道当个护猎员的辛苦。由此还联想到越战中当兵的也不容易,想到两伊战争中士兵们在沙漠上跑也很辛苦,想到那些在荒郊野外的探险者、摄影家,真的都太艰苦了。

找了半天也没找到偷猎者,最后,桑只好放弃。

就在我们准备打道回府的时候,桑突然发现,在前面的玉米地里有六七只沙半鸡正在觅食。桑立刻把车停下来,拿起了猎枪说:"我给你们试验一下。"

说着冲天上开了一枪。那几只沙半鸡像什么也没听见似的,仍旧在那里觅食。我们都看傻眼了。桑换上子弹,从容不迫又朝天上开了第二枪,几只沙半鸡依然岿然不动,照例在那里觅食。

那个胖脸的诗人像祈祷着的阿拉伯人似的举起了双手说:"主啊,赐给沙半鸡以麻雀般的智慧吧!"

…………

在回去的途中,要经过一片湿地,此时夕阳烧得正旺,红彤彤地挂在西天,景色非常瑰丽。这时,我们发现了在远处的芦苇荡里悠然自得地游着三只野鸭子,一只大鸭子后面跟着两只小鸭子在款款地游。

桑说:"这是王八鸭。"

他的话音刚落,就听"叭"的一声枪响,那只大鸭子立刻被打死在水里了。桑立刻停下了车,下来向四处看了看,一点动静也没有。

桑充满仇恨地说:"这是有人在跟我玩呢。"

那个窄脸的诗人叹了口气说:"你们看,那两只小鸭子在母鸭子旁边游呢。唉,母亲鸭死了,看来,这两只小鸭子是飞不到南方去了,冬天就得冻死在这里啦……"

这时候,桑打开吉普车的后备箱,从里面取出"水衩子"穿上,独自一人绕了很远的路才走到了那片沼泽的"硬地"上——公路与湿地之间还隔着一条时宽时窄的野水。我们远远地看到,桑每一脚下去都有一米深的稀泥。毫无疑问,这是非常危险的,甚至有生命危险。

半个小时以后,桑从芦苇荡里把那两只小鸭子抱了回来。

桑长得很帅,一脸的络腮胡子,是一个充满柔情的、硬朗朗的达斡尔族汉子。

黄羊泉

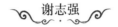
谢志强

已经离休的左矿长说:"早年发现这眼泉,是一头黄羊引的路,那眼泉就叫黄羊泉了。"

我慕名拜访了左矿长,他赋闲在家,没离开黄羊泉。他说:"我喝惯了黄羊泉的泉水。"

这个黄羊泉的传说在沙井子垦区流传甚广。20 世纪 50 年代初,359 旅一支部队驻扎沙井子开拓荒野,都是戈壁沙滩。远远地,可以望见哈拉蒂克山脉,当地人称黑老山。

当时,左矿长还是一名排长。部队首长说:"有山就有水,左排长,你带上几名战士上山,找找水,垦荒不能没有水。"

左排长带领三名战士出发了。垦区和大山中间隔着戈壁和沙漠。看看山不远,应了那句看山跑死马的话。他们是徒步,过了一片一片戈壁,一道一道沙梁,可那山还是那么远远地耸立着。

左排长说:"那山好像会自己往后退。"

再走半天,山还那副样子。行军壶里的水已经喝干了。他闻着沙漠的干燥的死亡气味,像是要把体内的水分都收走那样。

夕阳西斜。左排长绝望地下令鸣枪求救。可是,枪声还没来得及传开便被广阔的沙漠吸收掉了。枪声像炒豆一样。

突然，左排长发现了一个闪动——那是永恒的宁静里的一动，一只黄羊，是沙子的金黄色，好似一小堆沙粒凝聚起来，被风鼓动着奔跑。

左排长说："那一刻，我知道有救了，死亡的沙漠里出现一只黄羊意味着什么？它是生命，生命离不开水。"

左排长说："盯住，别让它甩掉我们。"

四个人不知道哪儿来的力气，抛开了累和渴，开始撵黄羊。而且，子弹上了膛，打算撵不上就放枪撂倒它。

黄羊跑得那么轻捷、灵活，带起了一溜儿沙尘。它跑跑停停，不让他们接近，不让他们离远，老是保持着一定的距离。

左排长说："它像山里来的一个精灵，沙漠里的事儿就是这么奇怪。"

黄羊站在一座沙包顶上边，望着绝望的他们。他们喘着粗气，喉咙里涌上一股液体一样的火流。黄羊在沙梁上边用蹄子刨着沙子，像是作弄他们。

太阳像是好奇，舍不得沉没，又在沙梁上镀了金晖。黄羊的踪影和太阳的余晖一起消失了。

沙梁顶，他们看到了一片绿洲。奇怪的是，耸立的山影已在眼前，像突然垂下的天幕。

左排长说："我怀疑是不是我的耳朵出现了幻听，沙漠里常常这样，我听到了流水的声音。"

水养育了绿。这道沙梁隔着两个世界。甚至，左排长闻到了沙枣花的浓香。那是个初夏。水在吟唱，那是沙漠里最悦耳的歌声。他们扑向溪流，一阵狂灌，身体像胡杨树一样顿时焕发出生机。

左排长胡乱抹了抹嘴，说："他娘的，真有这么甜的水呀。"

他告诉我，那是他一辈子喝过的最清甜的水了。他们沿着溪流，找着了山脚下的源头，那是一个清泉，咕嘟咕嘟地冒着水。泉水边沿长满了茂盛的灌木丛，叠着细细碎碎的金黄色的花儿。

金色的黄羊就在泉边。它也在饮水，只是没他们那样急切。黄羊像是披着金色的阳光、金色的沙粒，浑身是金色，它的眼里闪着温柔，还有俏皮。

一看就知道,它从来未受过人类的侵扰。

左排长端起了枪——好久没有沾过荤腥了。黄羊的眼里没有恐惧,它大概不知道黝黑的枪口意味着什么。它根本没有这种戒备,它没有过这类记忆的阴影。

枪响了。左排长看见金色的黄羊头颅绽开了一朵鲜红的花。黄羊没来得及恐惧。那花瓣溅开来,落入泉水,泉水一片殷红。

左排长当时还得意自己的枪法,已经很久没有过过枪瘾了。他喊:"中了,中了!"

黄羊被肢解,又在舞动的篝火里散发出诱人的香味。

后来的事儿,左排长一直弄不懂。第二天,他携带着壶里的泉水,赶回去,向首长报告他的发现。首长欣喜地喝了一口,可又忙吐出来。

首长说:"这是啥甘泉水? 又苦又涩又咸,还有一股羊膻味。"

他们一起辩解,说:"咋会苦呢? 真的很甜的呀。"

他们再尝,果然又苦又涩又咸。

左排长犯嘀咕:"咋变味儿了呢?"

再喝,那泉水确实又苦又涩又咸。

左排长说:"我嘴硬,就是不承认那泉水的苦,我总能在苦味中喝出一丝甜来。我相信第一次的感觉,别人都回味不出那种甜来。"

左排长——现在已是离休了的左矿长,说:"那泉水确实苦,我坚持喝过来,这也是对我的惩罚吧。我想想,是这么回事儿,最初它甜,我的嘴巴也不会弄虚作假。"

发现了泉,随后,又发现了泉水附近的山上有硫磺、煤炭、石灰、石英等矿产,那里建立了一个矿区。左排长自愿当了矿长。矿区的职工家属都喝垦区天山引来的雪水,他坚持喝泉水。

左矿长说:"那以后,我再没使过枪了。"

他还说:"远看,这座山像一只黄羊。"

我还是第一次发现,确实像一只黄羊。

棍子行动

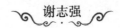

谢志强

老赵受不了城里的喧嚣,就在近郊购置了一个农家院落。青砖红瓦的平屋。院子中央,有个坑,老赵雇了人来平整。头一天的清晨,一阵一阵的鸟儿鸣叫吵醒了他,他想到一片树林。

老赵起床,看见屋顶、围墙上,栖着一只一只鸟儿。鸟儿不但好看,而且叫得好听,似乎欢迎他这个新主人。甚至,两只鸟儿飞进了屋子。这下子,他带来的鸟笼派上了用场。鸟笼已经闲置一年多了。仿佛城里的鸟笼和农村的鸟儿在这儿邂逅了。

他轻而易举地捉住了鸟儿。鸟儿在笼子里焦躁地扑棱,过一会儿,就安静下来。太阳升起,屋顶的鸟儿就没影儿了,大概去觅食了吧?

老赵关了门,去附近的田野,打算替鸟儿找点谷物。他撸了几穗稗子,还顺便捉了几只小虫——草丛中的青虫子。返回屋子,发现鸟笼的小门打开了。他以为有谁淘气,可是,仔细查看,没有人的痕迹。

他在玻璃窗户旁捉住了那一对鸟儿,重新关进笼子。不过,他还是疑惑,鸟儿不可能有启门的本事,只是,笼子底下的地面,躺着一根棍子,有小孩的胳膊一般粗细,还保留着树枝的模样,仅仅是去掉了分叉的叶片。他顺手将棍子丢在土灶旁边。

他得去城里的住宅取电视机,再购些日用品,对,还有鸟食。太阳悬在

空中,热得他冒汗,乘了车,赶回来,一眼看见鸟笼的小门又敞开了,鸟儿在屋里上上下下飞蹿。

哪个恶作剧?他发现那根棍子又躺在鸟笼底下的地面。

这回,他清楚地记得,棍子被他丢在灶旁。棍子怎么跑到笼子跟前的呢?肯定是小孩拿它拨开了笼门。可是,房门是锁着的呀。他把棍子重新丢在土灶旁。他打算烧午饭。他说:"我把你烧了,看谁还来耍花招?"

他点燃灶膛里的木柴。鸟儿在笼子里不安地蹿跳。他放进了鸟食。鸟儿还是蹦蹦跳跳,像是要发生什么事。他拿起了那根棍子,准备往火里塞。

这当儿,他吓了一跳。他听到屋里有说话声。是他手上的棍子在抖动。棍子说:"别烧我。"

老赵平时喜欢盯着电视机里的少儿节目看,特别热衷的是动画片。他说:"是你打开了鸟笼吧?"

棍子说:"是我。"

老赵说:"你跟我捣蛋,我可对你不客气。"

棍子说:"慢着,听我说,你住的这个院子,原来有棵古树,我是树上的一根分枝。"

老赵说:"怪不得院子里的地上有坑呢。那棵树呢?"

棍子说:"原来的主人砍倒了树。男主人病死,用树做了棺材。"

老赵说:"所以,你拿我出气?"

棍子说:"没有的事。"

老赵说:"我喜欢鸟儿,你一次一次地放鸟,不是跟我过不去吗?"

棍子说:"我担心鸟儿死在笼子里。你头一天看见的那么多鸟儿,过去,都住在树上,树是它们的家,现在,只剩下我了。"

老赵又听到屋顶、院墙上传来的鸟叫。他想,该有一棵树呀。他说:"我要在院子里栽一棵树,对,移植一棵大树来。"

他蹲久了,脚又酸又麻,棍子当了拐杖。他走出门,站在院子里——那个填平的坑前,他把棍子往地上一插,说:"树还是栽在原来的地方。"

返回屋里，锅里的饭已散发出香味。他谋算着去购一棵老树——现在，有许多乡村的大树运到城里来出售。他草草吃了饭，走过院子的时候，他乐了——那根棍子，已发出了绿芽。

鸟儿飞来飞去。棍子——小树在鸟儿的歌唱声里，展开了叶片，好像一个新的家正在生长。老赵拎了桶，去院外的荷塘汲水，脚步是那么快乐，像小孩盼着一棵树长大。

雪山哨卡的小草

谢志强

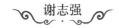

战士李春林已在斯姆哈纳边防哨所驻守三个春天了。这个海拔三千九百米的"西陲第一哨",是我国最西部的哨所,哨卡的战士是中国最后送走太阳的人。哨卡建在雪线以上,终年白雪皑皑。驻地没有一棵树,没有一株草。

李春林唯有靠记忆中家乡的一点绿色来抵消哨卡无边的白色。第三个年头的挂历早已悬挂在营房墙壁上边,立春过后就是雨水,随后是惊蛰,接着是春分,他记忆中的树和草正泅出绿意。清明,他在梦里去了爷爷的坟头,整个坟墓顿时绿了,似乎爷爷咳嗽了一声,醒了。第二天,他终于憋不住了。

李春林来到指导员杨亲锁面前,一肚子话,却像噎着那样。他咬住嘴唇,脸上凝固着哀求。他实在张不开口。

指导员问:"小李,有啥事? 你说。"

李春林像姑娘一样羞得脸泛红,说:"指导员,我想请个假。"

指导员问:"请假? 啥急事?"

他说:"下山。"

指导员问:"下山有啥事?"

他又咬咬嘴唇,不知怎的,眼睛盈满了泪花。

指导员问:"碰到啥难事了? 你说。有啥不好说的?"

他用手背抹掉泪花,说:"指导员,我爹给我起的名字是春天的树林。我上山有三年了,连一根绿草也没见过。快到谷雨了,我只想下山看看发芽的小草。"

指导员立刻想起了什么,一拍脑袋,说:"我以为只有我一个人在悄悄想呢。你稍等。"

李春林愣在那里。

不一会儿,指导员牵来一匹马,冲着营房里的李春林唤。

李春林应声出来,眼睛像阳光照耀着雪峰,又一次愣了,一脸傻乎乎的样子,嘴就咧出了笑。

指导员抚抚马鬃,指着马背上的干粮和草料,说:"你就骑马下山吧,代表我们哨卡的边防战士,看看山下发芽的小草。"

李春林振作起来,接过缰绳,敬了个标标准准的军礼,跃身上马。马儿踏着雪奔去,一路白雪飞溅。

太阳当空悬着,李春林渐渐闻到了草的气息,幽淡,却清新。不一会儿,一棵白杨树闯入了他的视野,他策马前去。到了树前,他迫不及待地跳下马,然后扑上去,紧紧搂住耸立的大白杨,像个受了莫大委屈的小孩,号啕大哭。

恰巧有赶着毛驴车的老人路过,走近前来问:"解放军,你有啥麻烦了? 要我帮帮你吗?"

李春林止住了哭,先是自我介绍,说自己的名字是春天的树林,他终于接近了树,就像亲兄弟相逢。他说:"现在,我太高兴了。"

老人还是疑惑,手在空中一划,说:"那边,树多得很嘛,到处都是你的兄弟嘛。"

李春林笑了,指指遥远的雪山,还竖起了三根指头,说:"我在那上边当了三年兵,一点点绿色也没见过。"

老人乐了,说:"哦,你就是在高高雪山守护我们这低低的绿地呀。你到我的葡萄园去吧,那里也有发芽的小草呢。"

　　李春林牵着马,像久渴遇到泉水一样,一会儿趴到路边的草丛中,把脸埋进去;一会儿蹲到草丛中,抓一把嫩绿的草,塞进挎包里。

　　老人任凭毛驴慢悠悠地走。毛驴还趁机在路旁叼一撮草,边嚼边走。

　　习惯了高山雪原的马,时不时地打着响鼻,似乎一时享受不了绿洲的气息。

　　太阳西斜的时候,李春林告别老人,挎包里装了一包陈年的草籽。

大　鱼

安石榴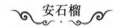

　　镜湖里有大鱼,不是一般意义上的大鱼。就是说不是一米两米长的大鱼,而是三四十米长的大鱼。

　　镜湖大鱼的事情虽不及喀纳斯湖大鱼的影响广泛,但也终于是沸沸扬扬的了。

　　这是个噱头吗? 抑或是炒作? 都不关我的事,我用这样的语气叙述和任何传媒不搭界,只因为……等一下!

　　我的伯父住在镜湖边,是个老林业,年轻时在镜湖水运厂,专门把刚砍伐下山的原木放入湖中,排好,原木就顺着湖水的流向被运出山外。我从来没亲眼见过水运原木的壮观场面,它像一种灭绝的动物或植物永远消失了。我只见过一幅版画,不过我觉得好在只是一幅版画。

　　我的伯父安居山中,和伯母养了一头奶牛、两只猪、三箱蜜蜂、一群鸡、一条狗,侍弄一大块园子。

　　那一次我到伯父家,正是关于大鱼的传说四处播散的时候,但是从没有人通过任何方式捕捉到它。是的,从来没有。

　　我走进院子的时候,伯父和伯母正在八月的秋阳里采集蜂蜜。伯父穿着一件半截袖的老头儿衫,露着两只黝黑的胳膊,一只脚踏着踏板,蜜蜂们"嗡嗡"地围着他转。我看得心惊胆战——伯父稀疏的头发里、伯母的鼻尖

上都有蜜蜂爬来爬去。

我把照相机、摄像机、高倍望远镜等设备,高高架在伯父的院子里,一排枪口一样对着湖面。在这些事情完成之前我没有说一句话,伯父、伯母也未理睬我。

我问伯父:"真的有大鱼吗?镜湖就在您眼前,您见过大鱼吗?"

伯父沉吟了片刻,说:"你记好了,什么事情都不能让人知道。"伯父把"人"字说得很重,"人要是知道了,就不妙了。要是人不知道这山里有大松树,那些大树就还活着,现在还活着,一千年一万年也是它。人知道了,那些大树就没有了,连它们的子孙也难活。"

我心里当时充满了探索的欲望,打断大伯,说:"求您说实话,到底有没有大鱼?"

大伯深深地看了我一眼,不吱声。我突然感到不同寻常的异样。首先是大黄狗,刚才还在我身边蹦跳着撒欢儿,这一刻忽然夹起尾巴、耷拉着耳朵、耸着肩膀一溜烟钻进窗户下面的窝里去了。几只闲逛的鸡抻长了脖子偏着头,一边仔细听,一边高举爪子轻落步,没有任何声息地逃到障子根去了。

我猛地领悟了伯父的眼神,随即周遭巨大的静谧漫天黑云一样压下来。阳光并不暗淡,依然透明润泽,但是森林里鸟儿们似遇到宵禁,同时噤声,紧接着,平静如镜的湖面涌起一层白雾,顷刻一排排一米多高的水墙,排浪似的一层一层涌来,然后……等一下,你猜对了。

大鱼出现了!

大鱼又消失了!

一切恢复原样。

我带的几件现代化机器设备等于一堆废铁。是的,我没来得及操作。我懊恼地坐在地上,看着鸡们重新开始争斗,大黄狗颠儿颠儿地跑出院子站在湖边高声吠,森林里鸟儿们的歌声此起彼伏。我忽然想:其他动物或者植物该是怎样的呢?

伯父却淡淡地说:"我们活我们的,它们活它们的,互不侵犯。"

他又说:"你倒是个有缘的,有时候它几年也不出来一次。"伯母在旁边连连点头。

随后的一个月时间里,我都住在伯父家里。我睡得很少,吃得也很少,基本上不说话,但是心里很静很熨帖。伯父、伯母每天仍然愉快地忙碌着,两只猪、一头牛短促的呻吟和悠长的叹息互相唱和,呈现的都是生命的本来面目。

一天晚上,伯母拿出自酿的山葡萄酒,我和伯父喝着唠着,伯父就给我讲又一个惊人的森林故事。

野人?外星人?等一下,别猜了,你猜不对。而且,我和伯父一样,不会说出一个字。

打死也不说。

全素人

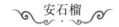

安石榴

我看了看墙上的表,终于下决心把绿荷赶走,她已经在我耳根子聒噪了整整一个半钟头,要我把刚买的裘皮大衣退掉。还就此繁衍了更多的话题,仿佛没有被希特勒毁掉的世界将在一瞬间糟蹋在我手里。她愚蠢地说起水,我有主意了,手边的水槽子里有两串葡萄,我把龙头旋到底,"哗"的一声,水像我胸中的闷气一样泻得爽利。

"天呐,你疯了!"绿荷睁大惊恐的眼睛,扑上来。

我重重地摔了抹布:"我已经受够了,绿荷,我无数次请求你饶了我,你却一定要把我钉在耻辱柱上,你还想怎样?我用无磷洗衣粉,从不随地吐痰,自带购物篮,走路上班,不用一次性湿巾,废电池堆在家里……"我换了口气,"你还想怎样?"

"你可以做得更好,你凭什么掠夺另一种生命的毛皮来满足自己的欲望?"

"够了!"我打断了绿荷,不再给她议论的机会,她那么专业,那么固执,没人可以抵挡。看着她随意放在地上的再生包,我断定它的前世是一条牛仔裤的屁股,电脑刺绣的图案覆盖了两只大而扁的裤兜,我笑了起来,"我不愿意像你那样背一个破屁股满世界乱跑。"

绿荷愤怒了:"你居然如此亵渎!"她抓起那只粗糙而丑陋的布包夺门

环保中国·自然生态美文馆

而出。

小贝马上就回来了，我不想让她们见面。小贝上初三，正在长身体，学业又那么重，现在红肉一点儿不沾了。没办法，我只会为了女儿才能做出伤害友情的事情。

但是不安马上纠缠我，我忍不住趴在十七楼阳台向下看。寒冷的冬夜完全渗入这个城市，各种灯的锋芒受挫，发着微弱的迷蒙的光。对面一楼麦当劳门口就是公交车站，那里有几颗伶仃的小黑点，我看不清楚绿荷是哪一颗，一种悲悯弥漫而来。我和绿荷之间似乎有一种宿命，彼此疼爱牵挂，绿荷此时一定被我伤着了。我打开手机给她发短信："对不起，明天晚上吃个饭吧，权当赔罪了。"

在鹿港小镇，我和绿荷坐在安静的角落，她举起桌子上的消毒筷子："瞧瞧，就是这样一点一滴给我信心。"

我会意地笑了。在一次性筷子最没节制的时期，我和绿荷出去吃饭时，她总是自备两双筷子。而现在，有越来越多的饭店使用消毒筷子了。

我们的木瓜粥上来了，每一份都配着两盏小巧精致的鲜奶。绿荷一盏一盏地送到我面前。

"怎么，不吃牛奶了吗？"我诧异。

"是的，鸡蛋也不吃了。"

一种很疼的痛涌上来："又不是杀鸡取卵，你何苦那么矫情。"

绿荷张了张嘴，却没有说话。她不想和我交锋。

看着埋下头去的绿荷，我想起逝去的奶奶，一辈子吃净口斋，荤腥不沾，我不知道她为什么。而如今绿荷也成了全素人，我却是知道为什么的。

她把自己逼得没有退路，全身心沉醉环保，而丈夫却早已不是绿色的了。

难道没有调和的余地吗？绿荷刚刚四十岁，就没有多少头发了，一张清汤寡水的脸，单调的衣服，那个时尚漂亮的绿荷消失得干干净净。

"没办法呀，环保的东西都不时尚，而时尚的东西绝少环保。"绿荷耸着肩膀,不疼不痒地说。绿荷衣着的上限是混纺,下限是棉布,注定没有多少选择。这几年绿荷消瘦得厉害,一件混纺双排扣子的半长风衣实在撑不起来了,就找师傅加了一层棉花,变成一件活里活面的棉褛。她不穿皮鞋,那双脚就永远似老太太般随便。

但是绿荷绝不猥琐,在饭店大厅的一片珠光宝气之中,绿荷那双清澈的眼睛涤荡了所有俗气,她闪动着黝黑的眸子,兴致勃勃地给我讲起她在青藏高原上调查时的所见所闻。

这样的兴致一直保持到回家的路上。

绿荷竟挽住了我的裘皮袖子,还温柔地把手插在我的腋下。过了好一会儿,她幽幽地说:"你的胳肢窝让我想起那些受伤害的动物,我把它们搂在怀里的时候,它们往往气息奄奄了,胳肢窝却总是温暖的。"绿荷长叹了一声,不再说话。

绿荷的柔情给了我一种错觉,在我家楼下分手时,看着瑟瑟发抖的她,我脱下裘皮要她穿上,绿荷却狠狠地甩开,匆匆跑了。

我却染上了风寒,第二天没能起床。绿荷来陪我,吃了药,我很快就睡了,当我醒来时,房间静得可疑。我慢慢推开卧室门,客厅里,绿荷高绾发髻,穿着我的高筒靴、裘皮大衣,正对着镜子一个一个地摆着 pose。她优雅地旋转了身体,我看到绿荷坚挺的鼻子,骨感的脸一起慢慢扬起,透着一股子誓不罢休的倔强和傲慢。

我的心里,那种很疼的痛又滚涌而来。

绿荷不知道,此时此刻,我是多么想把她搂在自己的怀里。

但闻人语响

刘国芳

　　好像是一夜之间，山上的树就被砍光了。

　　早几天，山上还树木成荫。他喜欢到山上来，春天的时候看山花烂漫，蔷薇花、桃花、栀子花漫山遍野。秋天的时候看满山红叶，枫树、乌桕的叶子都红了，满山一片浓妆艳抹的色彩。山上不仅好看，还好听，鸟的声音像歌声一样。但现在，山上的树全被砍了，不是砍了一片，是整个一座山全被砍了。他眼里，只剩下光秃秃的一座山了。

　　"是谁做的事呢，为什么要把山上的树全砍掉？"他想找个人问问。

　　想到人，他好像听到有人在说话。但说话的声音忽远忽近，似有似无。他四处看着，想看到说话的人，但没看到人。甚至，连说话的声音也消失了。不一会儿，说话的声音又传了过来，他顺着声音看去，这回，他看到远处有人影了，好像是两个人，站那儿你一句我一句地说着话。当然，离得远，那两个人说什么听不清楚，但他明白，只要走过去，就知道他们说什么。他当即往那儿去。但奇怪，越走越近了，声音反而消失了，一点儿声音都没有。再近些，他看清楚了，那儿站着的，不是两个人，而是两棵枯了的树桩。远远看去，两棵树桩就像两个人，像两个面对面站着说话的人。

　　他走过去，抚摩着一棵树，问："刚才是你们在说话吗？你们在说什么呢，你们是不是在抗议人类把树全砍了？"

树不能回答他,一阵风吹来,不知什么时候落在枯树上的一片叶子飘飘摇摇落下来,像是在跟他点头。

忽地,说话声又传了过来。这回,是从他来的方向传过来的。他急忙回身,往来的方向看,但他依然没看到人。空山不见人,但闻人语响,他在山上经常碰到这种状况。但现在树被砍了,光秃秃的一座山了,怎么还是见不到人呢?声音断断续续,似有似无,他又循了声音去。走了好一会儿,他好像看见人了,好像是几个人,站在那儿说话。但近了,他看见,那不是人,仍然是几棵枯树。

他有些累了,在一棵枯树下坐下来。

忽然,他又听到说话声音了,一个声音说:"所有的树都砍了。"

他问:"为什么要砍树?"

一个声音说:"你不知道吗?"

他说:"不知道?"

一个声音说:"山下建了造纸厂了。"

他往山下看,他说:"没看到呀!"

一个声音说:"我们都看到了,你怎么就看不到呢?"

他也觉得奇怪,睁大眼睛往山下看,但他只看到一只鸟。好像是一只秃鹫,朝他扑过来。他吓坏了,这一吓,他清醒了。他坐在一棵枯树下,跟前儿没有人,只有几棵枯树。他在树下打瞌睡,在梦里跟树说话了。

当然,跟前儿也没有秃鹫。

鸟倒有,一只鸟,在他站起来时,飞到他头上站下来,还叽叽喳喳叫着。他听不懂鸟说什么,但他能猜出来,鸟肯定在说它们栖身的树没有了。鸟肯定是这样说的,才站在他头上,把他当成一棵树。

又一只鸟,也飞来了,他伸出手臂,让鸟站在他手上。

一只蝴蝶翩跹着飞来,他又伸出一只手,让蝴蝶歇息在自己手上。

这时候真有两个人走过来。两个人手里都拿着柴刀,他们看见两只鸟停在一棵树上,还有一只蝴蝶,也站在树上,他们中的一个人就说:"这里还有一棵树。"

　　另一个人没说话，只举起柴刀。他当然看见了那两个人，在那人举起柴刀时他大喝一声说："你们连人也砍呀？"

　　在他说话时，鸟飞走了，蝴蝶也翩跹着飞走了。

树

刘国芳

　　一棵树长在村口。其实,离村不远长着好多好多树,但因为那棵树不跟它们在一起,所以,那棵树看起来孤零零的。

　　一个老人,也是孤零零的。老人总到树下来,累了,在树下歇着;热了,在树下乘凉。树在风里哗哗作响,那是树在说话,说又来啦。老人听得懂树的声音。老人说我们都很孤单,我来跟你做伴。树也听懂了老人的话,树在风里摇曳着,那是树在向老人点头。老人也点头,笑着。

　　这天,老人又在树下待了好久,天晚了才回家。老人在家里也看得见树,树站在那儿一动不动。但这晚,老人发现树动了,准确地说,树会走了,树走到了老人跟前。

　　老人惊呆了,老人说:"你是谁?"

　　树说:"我是树呀,你天天在树下乘凉,还不知道我是谁?"

　　老人说:"你也会走?"

　　树说:"不可以吗?我才不愿意永远待在一个地方哩,我想像你们人一样,到处走。"

　　老人说:"你们树也想走呀?我还以为你们只愿一动不动地待在一个地方。"

　　树说:"谁愿意那样,动不了,你们人类想砍就砍想伐就伐!"

老人说:"那是,会走动,就可以躲。"

老人说着,看着树走动,树走起来风一样,往前面去。老人见了,又喊:"你去哪里呀?"

树说:"我想去你家里看看!"

老人说:"我带你去。"

老人就带树去了他家。树很聪明,很快就发现老人是一个人生活。树问老人:"你家里只有你一个人?"

老人点点头。

树说:"我记得你以前有儿有女,他们也从我跟前走过,他们呢?"

老人说:"他们都生活在城里。"

树说:"你为什么不愿去?"

老人说:"我去过,但住了几天就回来了,我还是觉得在乡下好,空气好,也自在,不像城里,到处是房子,一棵树都没有。"

说到城里,树就一脸的羡慕,树说:"我从没去过城里,你能带我去城里看看吗?"

老人说:"可以呀。"

老人说着,带树往城里去。树走得很快,一会儿,他们就来到了城里。果然,城里一幢房子挤着一幢房子,没什么树。即使有树,也是一些很小的树。树在城里走着,惹很多人惊奇,他们都说:"看,那棵树怎么会走呢?"

树有些得意,树跟老人说:"会走动真好,可以到处走。"

老人说:"你慢点儿,城市不比乡下那么空旷,不要撞到人。"

树慢下来。后来,在一条大街上,树不愿走了,停下来,立刻有人站在树下,还说:"这棵树真大。"

有风吹来,树叶哗哗作响,站在树下的人又说:"真凉爽。"

老人当然在树下,老人说:"凉爽就多栽些树呀!"

一个人说:"哪里有地方,有栽树的地方可以多盖一幢房子。"

树听了,就说:"那我们不能待在这儿,影响他们盖房子。"

说着,树风一样走了。

老人跟着树走,在一个地方,老人跟树说:"这地方原来叫枫树湾,以前有一大片森林,后来,所有的树都被砍了,盖了几十幢大房子。"

树叹了一声。

在另一个地方,老人说:"这个地方叫樟树下,有好多好多大樟树,也被砍了,盖了房子。"

树又叹气,说:"我的同伴越来越少了。"

树后来又停下来,那儿风景好,树不想动。但不一会儿,他们看到一伙人拿着电锯在那儿锯树。树吓坏了,跟老人说:"赶快走,不然,会被他们砍了。"

说着,树跟老人一起走了。

但奇怪的是,他们找不到原来的地方,他们像迷路的人,到处找,也不知道原来的地方在哪儿。老人从来没遇到过这样的事,老人一急,醒了。

原来老人在做梦。

老人急急忙忙爬起来,去看那棵树。很快,老人看到那棵树了,但树歪在一边,被人砍倒了。

老人跑过去,问几个砍树的人:"为什么把树砍了?"

几个人不睬老人,只有树,倒在风里飒飒作响。

那是树在哭泣。

我们听到青蛙的歌唱

刘国芳

　　我经常跟朋友去一个叫山下范家的地方,我们往村口那条路走,走几百米,就到山里了。也不是什么大山,只是一些小山。山上山下到处栽着桃树、梨树和橘子树。很多时候,我们会爬到那矮矮的山上,这时候桃花开了,我们会看到一片姹紫嫣红。其实,远处有大一些的山挡着,我们的视野并不开阔,但眼前的一切,也让我们赏心悦目,像精致的盆景。山下有一口塘,只有篮球场那么大。水塘四边长满了草,也长着很多树。很多时候,我们看到水塘静静地卧在那儿,没有一点声息,给人一种神秘的感觉。

　　一天,我们来到水塘边,这年干旱,虽然只是春夏之交,水塘里也没有多少水,大部分地方见底了,只有中间还有些水。当然,还有一些小水坑里,也有浅浅的水。我们当中眼睛好的,还看到小水坑浅浅的水里有蝌蚪。还有些干涸的水坑里面也有蝌蚪,但那些蝌蚪已经干死了。有些水坑里干得只剩下烂泥,里面也有蝌蚪,但那些蝌蚪已是奄奄一息了。看着那奄奄一息的蝌蚪,我们的心情有些沉重,一个人说:"天这样干,那些蝌蚪也会活不了。"一个人说:"要不,我们把那些蝌蚪移到塘中间深水里去吧?"

　　这话得到大家的赞同,我们立即行动起来。我们脱了鞋,跳到塘里,然后两手合在一起,先把烂泥里的蝌蚪捧到水里,然后又把那些浅水里的蝌蚪也托到水里。当烂泥里和浅水里再没有了蝌蚪时,我们才直起腰互相看看,笑起来。两三个月后，我们又来到了水塘边。可能夏天落了很多雨，水塘里的水已经很满了。忽然，我们听到水塘里有青蛙的叫声，先是塘那边"哇"的一声，接着塘这边应了一声，然后满塘都是"哇哇"的叫声，此起彼伏，不绝于耳。听到青蛙声，我们很欣慰，因为，这些青蛙里面肯定有我们救过的，是我们一只一只把它们从烂泥里或浅水里捧到深水里去，它们才躲过一劫，才有今天的生命。我们中的一个人肯定也是这么想的，他说："我们救过青蛙的命，它们在欢迎我们哩。"

一个人说得更有诗意，他说："我们听到青蛙的歌唱。"

的确，我们听到了青蛙的歌唱。日后，我们还来过几次。我们来到塘边，仍然是一只青蛙先叫起来，接着有青蛙应一声，然后塘这边，塘那边，满塘的青蛙都叫了。那高一声、低一声、长一声、短一声、轻一声、强一声的歌唱，就是天籁。也有青蛙扑通从水里跳出来，我们想，那青蛙一定在那儿的草里看着我们。

当然，也有例外的时候。一次，我们又来到塘边，我们在塘边看到几个孩子。孩子把一根绳子绑在树枝上，然后把绳子伸进塘边的草丛里。我们不知道孩子做什么，我们问："做什么呢？"

"钓青蛙。"一个孩子说。

另一个孩子则说："没有青蛙了，钓不到。"

我们前不久还在这儿听到青蛙的歌唱，我们不相信没有青蛙，但侧耳细听，果然，没有听到青蛙的叫声。

不久，孩子们走了。他们才走，一只青蛙就叫了起来，然后，满塘的青蛙都叫了。也是此起彼伏，不绝于耳，青蛙又开始了它们的歌唱。但就在青蛙欢唱着时，一个人走来了，这人我们认识，我们叫他老范，是个专门在山上捉石鸡、水里捉青蛙的人。他跟我们也熟。他说："你们在这儿做什么呢？"我们说："我们在听青蛙叫。"

老范说："胡说八道，哪里有青蛙叫？我怎么没听到？"

老范说完，我们真的就没听到青蛙叫了。青蛙又停止了歌唱。

　　不过，老范一走，青蛙又叫了。那高一声、低一声、长一声、短一声、轻一声、强一声的鸣叫，真的就像歌唱一样，拨动着我们的心弦。

燕 子

陈建中

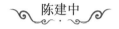

我受了伤,在堂屋的屋檐下写作业。

燕子们叽叽喳喳,比歌还好听,这种声音,让人心里十分熨帖。可是,燕子们的叫声里,突然出现焦急、愤怒和恐怖,燕妈妈甚至在我周围上下翻飞,似乎在大声求救。

我放下铅笔,站起身来,目光投向燕巢,吓一大跳:只见一条一米来长的家蛇,正通过横梁爬向燕巢,嘴里吐着信子,咝咝作响,燕宝宝们在无助地哀叫。

我急了,去搬木梯,却搬不动,拿竹竿去戳,家蛇居然不在乎,继续向燕巢爬去。我哭了起来,大叫:"来人啦,蛇要吃小燕子啦……"

周婆闻声急步赶到,我的心里顿时踏实。

周婆是"地主婆",她的男人用一根草绳结束了自己的生命。他们无儿无女,周婆几十年来一人居住在白胡子岭。听大人们说,她是大户人家小姐,年轻时很"乖直"(漂亮)。周婆老了,但老得一丝不苟,老得整整齐齐:油亮的发髻盘于脑后,皮肤健康洁净,每条皱纹恰到好处地在脸上纵横,布衣干净清爽,即使被当作"黑五类"批斗,也没有丝毫猥琐模样。她心肠很好,走路怕踩死蚂蚁,反对人们消灭麻雀,还大闹过一场,护住了几片本该砍掉的树林。传说周婆能听懂动物们的话,动物们也能听懂周婆的话,这使得她

有一种很强烈的神秘感,我们对她也有种敬畏感。

周婆一边安慰我,一边手舞足蹈,朝那条家蛇吼:"孽障!你不好好吃'高客'(老鼠),打小燕子的主意啵?招呼(小心)我把你碎尸万段,还不快滚回去……"

奇怪的事情发生了,那条家蛇看了看怒气冲冲的周婆,居然悻悻地掉头爬了回去!

那一刻,我觉得周婆比观音菩萨还伟大,甚至疑心她就是传说中能降魔驱邪的巫婆!

周婆赶走了蛇,坐下来点了一支纸烟,优雅地吞云吐雾,她的眼神迷茫忧虑。

就在那天赶走家蛇,救了小燕子回家的路上,周婆踩到了一条毒蛇,这条毒蛇咬中了她的脚踝。两天以后,孤苦伶仃的周婆永远离开了这个世界。

我永远记得周婆的这句话:"孩子,只要是性命,我们都要善待,动物是没有善恶的。"

她是在回答我问为什么不打死那条毒蛇时说的这句话。她死后,我好久好久想不明白:咬她的蛇是善还是恶?

周婆成分不好,人缘却极佳,村里人冒着风险,为她置办了黑漆棺木,隆重下葬。

村民们互相发誓:"谁要是告密,让他烂舌掉头!"

从此,厚葬"地主婆"周婆成了小山村的一个秘密。

直到改革开放以后,有一日乡长来小村巡视柑橘种植情况,对村主任说:"你们厚葬周婆,其实乡里当时就知道,我们装聋作哑,没有追究。"

村主任笑了笑,乡长又说:"你带我去周婆的坟上拜祭拜祭。"

周婆的坟就在白胡子岭,周围被油菜花、麦苗、桃花护着,还有种植的柑橘树,也有了一人多高,几只燕子和山雀穿梭其间,忙忙碌碌。

乡长拜祭完毕,说:"如果没有周婆,你们村如今可能全部是秃山。人迟早要回归泥土的,不把土地伺弄好,燕雀不能栖身,人入土不能为安。周婆受委屈了……"

说这话时,乡长眼里雾水远山,迷蒙一片。

红　狐

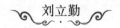

刘立勤

　　后山出现红狐了。怎么会呢？人们怎么也不相信。红狐是灵物呀，许多老人也只是听说过红狐的传说，却从来没有见过红狐。人们就想起王老爹，王老爹肯定见过。

　　王老爹是个老猎人了，从十二岁时和父亲第一次进山打猎，到今年七十二岁了，已经有六十年的打猎生涯了。没有人清楚他进了多少次山，也没有人能说清楚他打了多少猎物。可有一样人们是记得的，他这一辈子打了九十九只狐狸。什么动物最难对付，狐狸。山里人佩服一个猎人不是看他打了多少头黑熊、野猪什么的，而是看他打了多少只狐狸。因此，山里有这么一个习惯，谁要是打下了一只狐狸，就在他的屋后栽一棵松树，表示大家的敬意。而王老爹的屋后已经有了九十九棵松树构成的树林了，也就是说他已经打了九十九只狐狸了。那么，王老爹应该是见过红狐的了。

　　王老爹也没有见过。

　　有人问："你怎么没有见过呢？"

　　王老爹说："见过了还有红狐狸吗？"

　　也是呀。

　　有人又说："你再进山，打了那红狐狸，把屋后的树凑成整数，多么好。"

　　王老爹说："你看看这大山之中有哪个猎人屋后有九十九棵松树呢？没

有吧,没有了我为什么必须要凑够一百棵呢?"

听了王老爹的话,再也没有人劝他。

其实,王老爹不是没有那个想法,听说了红狐出现的消息后,狐狸的尾巴似乎已经在他的心头摩擦,似乎要擦出火了。而他,只是有些担心,他担心自己一世英名毁在那只红狐的身上。因此,当那个外乡人说出自己的条件后,狐狸的尾巴终于擦燃了王老爹心里的欲火,他决定进山了。

虽然多年没有进山了,虽然已是七十有二的高龄,背上枪,王老爹依然觉得浑身有用不完的劲儿。试了一下枪法,依然能够百步穿杨;跺一下脚,依然是地动山摇。王老爹充满了信心,就选择在大雪过后第一个早晨进了山。

王老爹是有经验的,雪后的早晨好寻找它们的足迹。有了足迹,何愁猎物的身影。只是狐狸最狡猾,它们最善于伪装和隐藏,不过,再狡猾的狐狸也斗不过聪明的猎人。在日头偏西的时候,王老爹终于发现了狐狸的踪迹。看着雪地里一串串诱人的脚印,他知道狐狸刚刚走过。更让他欣喜的是,他发现地上有一缕红狐独有的红色毛发。七十多年里,他听过好多有关红狐的故事,却从来没有见过红狐。老辈子把红狐说得像神一般令人敬畏,他从来就不相信。他想,遇上红狐了绝不放过。遗憾的是自己一直没遇上,也没想到老了却遇上了。他想,最后一仗能够猎杀一只红狐,那是再好不过的事情了。这时,他又想起了外乡人,更加坚定了他捕杀这只红狐的决心。

红狐真的太狡猾,他虽然中午就发现了踪迹,可是直到晚上他也没有看见红狐的影子。他不得不在森林露宿了。那一夜,王老爹一直没睡,他一直想象着那只红狐。因此,天一亮他就发现了那只红狐,站在对面的山梁上沐浴着晨光,像一团火,更像年轻又风骚的娘儿们,温暖而又妩媚。王老爹端起枪瞄了瞄,又放下。太远了,王老爹不放空枪。况且,那个外乡人还想要一张完整的皮子。他又想,只要见了,还怕它飞了不成。

接下来他的处境十分艰难,红狐把他领到了一个完全陌生的世界,除了树林,就是雪原,以前好像从来都没有来过。好在时隐时现的红狐给了他无

限的希望和力量,他继续努力地追赶着。

三天过后,王老爹发现自己迷路了。这是从来都没有的事情,一辈子打猎经历了太多的危险,却从来没有迷过路。王老爹有了一丝恐惧,他不在乎自己的性命,他害怕毁了自己一世的英名。这时,王老爹又想起来前辈猎人讲过的红狐的故事,讲红狐的狡猾,也讲红狐的善良。他按照前辈猎人的办法,退了火引,塞住枪口,祈祷山神保佑,他想放弃这次狩猎。这么想着,他又看见了那只红狐。难道红狐真的那么神奇?难道红狐是来给他带路的?他不知道,他也只有跟着红狐走。他知道,红狐是他最后的希望了。

走呀走,毕竟不年轻了,年轻时他一个人曾经在山林里奔走过七天,而今三天,他已经感到十分疲乏了。好多的想法也是有心无力了,只有一步一步跟着红狐向前走。走啊走,走啊走,从早晨走到中午,又从中午走到黄昏,实在是走不动了,红狐也停了下来。他想休息一会儿。坐下来,借助夕阳的余晖看了看四周,他发现已经到了自己熟悉的地界,五百米之外就是一条回家的路。回头看看那只红狐,疲惫地坐在那里口吐白汽。四天里,自己好歹还吃了干粮,红狐一直被自己追赶,吃了什么呢?看看红狐,他心里有了一份感激。感激还没有退却,他想起屋后那九十九棵松树,也想起了那个外乡人,心里的火倏地燃烧起来。他偷偷地安上火引,偷偷地拔掉枪口上的塞子,忽然掉转枪口对准红狐,"砰"的一枪。毕竟是老了,只见红光一闪,红狐竟然一瘸一拐地跑了。红狐受伤了。心里的希望之火从未有过地热烈起来,僵硬的双腿充满活力,王老爹飞快地冲进茫茫的雪原之中。

又是三天,人们在王老爹家的松林里发现了他,他已经死了。他死了,那片松林一夜之间也死了。而那红狐呢,却经常在村前村后的山梁出没,悠闲而自在。

一个人的村庄

刘立勤

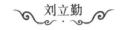

都走了。

亲戚走了,邻居走了,村庄里的人都走了,妻子和儿子是最后离开这个村庄的人了。老人真不希望妻子和儿子抛下自己,让自己孤独地守护着这个空落落的村庄。可是他张不开口,谁愿意待在这个一吃饭就落半碗沙子的地方呢?看着慢慢远去的家人,老人扬手想说一点什么呢,一阵风吹来,沙子却飞进了眼里。

老人扒拉掉眼里的沙子,抡起锄头,在沙海里挖下一个坑,栽下一棵树。老人恶狠狠地骂了一句:"我不信我治不住这驴日的沙子!"

老人的村庄原来是非常美好的。村庄的山坡上有树林子,树枝上有鸟;树林子里有黄羊、野兔、狐狸,还有狼;村庄外的小河里有小鱼、河蟹;小河和山坡之间是良田,春天播下种子,秋天就能收获满仓的粮食。年轻人劳作之余,还可以在河里嬉戏,也可以在树林子里约会。村庄里到处飘荡的是快乐。忘记从哪一天开始,树林子没了,河里的水一天一天地少了,远处的黄沙旁若无人地漫过来,良田也没了,村庄里的人家一家一家地往外搬。后来,就剩下他们一家了。现在呢,只剩下他一个人了。

一个人的家也是家,一个人的村庄也是村庄。鸡鸣狗叫,炊烟炉火,一样都不能少。可惜,那些鸡也吃不了那份苦,不几天就死了;狗呢,不甘寂寞

也跑了。老人气坏了，骂一声驴日的沙子，你不让人活，连畜生都不容了。骂完了，老人扛起锄头就到村庄后面的山坡上挖坑栽树。老人知道，沙子是植物的杀手，它杀死了植物，赶走了动物也赶走了人。老人也知道，植物也是沙子的死敌，只要栽上树，种上草，沙子就退了，人就会回来了。

老人的活儿干得很利落。挖坑，插苗子，再培土，一点儿都不马虎。老人也干得有劲儿，因为脚下的土地是他年轻时和妻子约会的地方。那时候真年轻呀，干了一天的活儿还不觉着累，得了空闲就把她约进树林子。那时她的话也多，就像树上的鸟儿一般，"叽叽喳喳"不停口。他可不想光听她说话，他很想做一点什么。趁着她说累了的当口，他说他眼里进沙子了。她说哪里来的沙子呢，晴天妖妖的。他说你给吹吹吧。她虽不相信，可还是嘟起红红的嘴唇。这时，他那饥渴的嘴唇就迎了上去……

想到这里，老人忍不住笑了。记忆里的故事好像就发生在昨天呢，可树林子说没就没了，她也跟着儿子走了。想到她，老人加了一把劲，狠劲地挖坑，细心地插苗子，又用心地培土。老人想，再过十年八年的，今天的小苗子就会成林了，再把她领回这里，那心情一定会美气得不得了。有了好心情，老人连饭都顾不上吃，不住地挖坑，不住地插苗子，不住地培土，一天的时间竟然栽了两百株树。照这个速度，村庄前后的沙海只消三年五载就会都长满了树。

可惜，风偏偏和老人作对，一夜之间把两百株树苗全部拔了。老人没有叹息，继续挖坑，插苗子，培土。为了对付风，老人把过去只挖四十厘米的坑挖到八十厘米深。老人想，我就不信你风还能把它拔出来。又一场大风吹过，老人去看那些树苗，树苗傲然地站在那里。

沙漠里栽树不仅仅是风的问题，还有许多意想不到的困难，老人都一一克服了。老人想，只要用心，办法总比困难多。沙漠里水分少，老人就栽梭梭、红柳、花棒、沙枣等节水耐旱的植物。能栽树的季节里，他就一心栽树；不能栽树的日子里，他就种草。老人想，树活了，草绿了，沙子就无处可逃。

老人不怕难，不怕累，也不怕寂寞，每一天他都是忙忙碌碌得没有闲暇。

可是到了好墒口好栽树的季节他心里就急。急什么呢？要是有个帮手，能多栽棵树多好呀。老人就想了一个办法，把老伴儿骗来了。老伴儿来了，儿子也来了，儿媳妇儿和孙子厮跟着都来了。他把他们骗到地里栽树。亲戚不见儿子回去，以为他真有了什么事情，也急着赶来了。他又一脸坏笑地把亲戚也骗进地里替他栽树。

人都说，老人变坏了，不仅骗亲人，骗亲戚，也骗邻居，骗他们帮他栽树。也有人说厚道的老人变吝啬了，吃他一颗枣子要栽一棵树，喝他一杯水要栽一棵树。每年总有一些人贪图他的枣子、喜欢他家的水而走进沙海。有了这些人的帮助，沙海里的树跑得快了许多。

记不得是十年还是八年后，老人发现村庄的前后都绿了，村庄外的小河水也多了。远处的红柳成了林，中间的沙枣挂了果，树木之间的草也生得威猛而葱郁。被他骗回来的老伴儿和儿子、孙子赖着不走了。再后来，亲戚和邻居也陆陆续续地回来了。老人觉得自己的精力也不济了，就把那些林地一家一块地分了。老人说，反正是大家栽的。

老人呢，老人到村庄外面的沙海里去了。老人想，一个人的村庄太寂寞了，一个村庄在沙海里面还是寂寞。老人又忙起来了，忙着在村庄外面的沙海里栽树。

疗 伤

石·鸣

那只鸟是跌跌撞撞飞进屋子里来的。

他随即又发现,那是一只受伤的鸟。在鸟左侧翅膀的底部,有一个小小的血窟窿,李佑闵一看便知道,那是被气枪的铅弹射中的。在他上高中的时候,他的小叔不知从哪儿搞来了一杆气枪,有一段时间,他放学一回家就拿着气枪往城外跑,天黑时分才回家,手里提着用稻草串在一起的鸟儿。他很熟悉这种小小的血窟窿。

鸟躺在地板上,喘着气,不时痉挛一下,不时又扑腾着挣扎几下,想要飞起来。可怜的鸟,你也肯定是在毫无防备中猝然受击的。这样感慨着,李佑闵心中竟有了点和鸟同病相怜的感觉。不过他马上又发现,他比鸟儿更惨,因为他不仅猝然受击,而且是伤在自己一向信任的人手上。那个他不愿意再提起名字的人,是他一手从基层提拔上来的。他一直将他视作心腹,甚至谋划着自己升迁后就让他来接班——李佑闵相信自己命里是还能再往上走一两层的。但他没有想到,这个"心腹"却背着他使了阴招,挤开他自己上了不说,还毫不留情一脚踹了他。为了稳固自己的位置,李佑闵平时没少对着别人要心机,也时时提防着别人的心机,没想到最后却栽在"自己人"的心机上!两个多星期来,李佑闵"病休"在家,心里充满了后悔、失意和愤怒。白天,他大部分的时间都靠在沙发上,似看非看地望着眼前的一切。送来的报纸也只是随手摆弄摆弄，从不打开细看。晚上，就看那些宫廷争斗和官场倾轧的电视连续剧。除了做饭和洗衣，他让保姆把一切家务都停了下来，让保姆闲暇的时间就待在自己的小房间里，随便做什么都行，但就是不要走出来在他眼前晃动。他好像有些厌烦看人了。偶尔想起那些以前被自己踩过的人，他不禁会想，怕是很多人很早就开始厌烦看他了吧？

不知不觉间，李佑闵把鸟轻轻捧在了手上。

"伤得不轻啊！"他对保姆说，"去找找看有碘酒没有。"

保姆没找到碘酒，只找到几片创可贴。

"这不管用，"李佑闵说，"去拿一瓶酒来吧，得先消消毒。"

鸟被酒灼痛了，又剧烈扑腾起来。李佑闵用手轻轻抚弄着鸟，让它慢慢安定。安静下来的鸟躺在李佑闵的手心，望着李佑闵，湿漉漉的眼睛明澈而安详，给了李佑闵一种久违的亲切。他细心清洗着。铅弹没有留在体内，它直接射穿了翅膀——看来射击的距离一定很近，而且很有可能是来自某个暗角。

清洗完了，李佑闵让保姆去街上的药房问问，买一些适用的消炎药回来。保姆刚要动身，他又改变了主意："还是我去吧，你把鸟看好就是。"

李佑闵两个多星期以来第一次打开了外出的房门。

谁也不曾想到，这只突然撞进客厅来的小鸟，就这样撞进了李佑闵的生活。李佑闵开始了对小鸟的悉心照料。一天，他给鸟敷了药后，坐在沙发上，竟顺手拿起茶几上的报纸看了起来，才猛然发现自己已经好几天没有被"心腹"之事搞得整日胸闷，也好几天没有去看那些满是无穷无尽的尔虞我诈的连续剧了。回味着几天来为鸟疗伤时从心底一丝一丝涌出的温暖，李佑闵突然又感受到了生命中关怀和施爱的美好。这个感觉，多年前也曾在他的心中涌荡，但自从沉湎进人际关系的复杂和人与人的利用之中后，这感觉就慢慢被挤掉了。李佑闵回想起他最后一次打鸟，两只并排站在电线上的鸟，他打下了一只，以为另一只会飞掉。但另一只没有飞走，它飞向了坠落的同伴，在李佑闵的枪口下，绕着同伴不停地跳动，发出尖锐的鸣叫。李佑闵垂下托枪的手，从此再也没有摸过那杆气枪。

楼下梅花盛开的时候，鸟的伤痊愈了。李佑闵撕破纸箱，让鸟飞向了天空。看着鸟在天空展翅，李佑闵感受到了一种久远的愉悦。但是第二天早晨，李佑闵被一阵鸟鸣唤醒后，发现鸟正在阳台上跳来跳去。李佑闵心里暖乎乎的，竟对着鸟说开了话。鸟似乎听懂了。李佑闵说话时，它就静静地立着，李佑闵说完了，它又开始蹦跳。人和鸟愉快地过了大半天。第三天，李佑闵又是被一阵鸟鸣唤醒。第四天也一样。李佑闵就有些奇怪了，往阳台上仔细一看，才发现鸟并没有离开他，而是在他阳台上的一株茶花上安了家。李佑闵看着茶花枝丫上小鸟简陋的家，依稀感到冬日干燥的空气什么时候竟润了起来。

随风远去的夏天

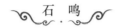

石　鸣

　　高二那年夏天,祁小军拥有了一支气枪。枪是小舅给他的,虽说已用得陈旧不堪,但祁小军拿着枪的时候,还是异常高兴。从上小学开始,祁小军就渴望能拥有一支枪,在他看过的电影里,那些英雄,通常都是手持盒子枪或钢枪,而且能把枪玩得出神入化。小学四年级的时候,祁小军拥有了一支"手枪",但那支手枪是小舅用木头削的,漆成黑色,远远看起来还像个样子,实际上连用自行车链条做的火药枪都不如——链条做的枪虽然外观丑陋,却能用火柴头"啪"的一声打出声响来,而且响声过后还会弥漫出一丝硝烟味。木头枪既发不出声响,又飘不出硝烟味,所以祁小军玩了一阵,也就兴趣寡然了。祁小军想,要是弄到一支能发射子弹的枪,那才叫过瘾呢。

　　气枪就是能发射子弹的枪,虽然子弹只是一粒小小的铅弹。所以当祁小军将货真价实的气枪和几盒铅弹拿在手里的时候,他一下子觉得生活的乐趣像一件可以看见、可以触摸的东西立在了眼前,他抬头向院子深处望去,目光似乎穿透了视线所及的一排老屋,抵达了老屋背后的广阔田野。田野上疏密有致地分布着一棵棵树和一丛丛竹,他似乎看见了鸟在树枝和竹丛间跳动,他听见了鸟的鸣叫。

　　以前,祁小军放学后的第一个活动,是和一帮同学到公园里练武功。公园的北面有几棵粗壮的苦楝树,他们先在树荫下的空地上咿呀嘿哈地比画

一阵从电影里模仿来的动作,然后就拿双手去拍苦楝树,练铁砂掌。一直拍到手掌发红,隐隐生痛,这才背上书包回家去。但是从拿到气枪后的第二天开始,祁小军放学后就不再到公园里去练武功了,他径直回家,放下书包,提起气枪就出门往田野里跑。祁小军居住的大杂院在县城的边缘,出了院门,顺着不远处一条曲折的小路走几分钟,就到了种满蔬菜和稻谷的田野上。祁小军望着错落有致的田畴,望着田埂、沟渠边高低起伏的树木,望着农家院落旁茂密的竹林,对自己说,现在,这里才是他的天地。

他把第一粒铅弹放进枪膛,目光落在了远处的一株辣椒上。

举枪,瞄准,扣动扳机,气枪异常地好用,这一点让祁小军也感到有些吃惊。祁小军以前在公园的地摊上用气枪打过气球,瘦小的老板为了省钱,用小钉子系上红线代替铅弹,打出去总是软塌塌的,让祁小军既花了自己本就少得可怜的零花钱,又没找到射击的感觉。但是现在手里这把枪的感觉就不一样了,在铅弹射出的一瞬间,祁小军能明显感受到它那令人心旌荡漾的力道,就像是出剑时的一剑封喉。这才是射击嘛,祁小军对自己说,他觉得他也能把这支枪玩得出神入化。

接下来,祁小军又用了几粒铅弹,以远处辣椒地里的几个红辣椒为目标,试了试准星和有效射程,他发现,枪虽然是旧的,但是准星一点儿也不偏,射程一点儿也不弱,真是一支好枪。他提着枪,向灌溉渠边的一片小树林走去。他听见了那里传来的鸟叫声,他觉得那一阵又一阵的啁啾似乎是一种呼唤,在呼唤着他的靠近,在准备着为他的铅弹献身。

天色微暗的时候,祁小军收起了他的气枪,开始回家。他的手里拎着三只鸟,两只麻雀,一只猪屎雀,依次串在稻草上。一个多小时的光景,三只鸟,这个战果虽然算不上辉煌,但是打鸟毕竟不是打气球,而且这还是第一次,所以祁小军晃晃悠悠地走在田间小路上,心里没有丝毫的泄气和失望。

接下来几天,祁小军每天都放了学就回家,回了家放下书包就提着气枪出门,日暮时分才拎着鸟回家。鸟有的时候少一点,一只;有的时候多一点,四只、五只或六只。反正总是不空手。唯一的一次空手而归是一个星期五的下午,那天他企图打下一只鹰。鹰在天空中盘旋,然后歇在高高的高压电线上,祁小军就在那时候将气枪瞄准了鹰。但是一枪打出去,两片羽毛从鹰身上掉下来,鹰一展翅又高飞了,一点受伤的迹象都没有。祁小军不死心,跟着鹰追,在田间跑来跑去,跑过小麦地,跑过油菜地,跑过卷心菜地,越过灌溉渠,一直追到十里路外干涸的河坝,依旧只收获了最早那一枪的两片羽毛。最后,鹰在河坝上空飞向了远方,祁小军望着远去的鹰越来越小的身影,涌出了一股无力之感。用枪以来,他第一次遭遇了打击。不过这种打击第二天就烟消云散了,星期六下午,仿佛是要补偿头一天的损失,祁小军发了狠地寻找目标,他打下了六只鸟,其中一只是鹧鸪。

祁小军把打中的鸟拿回家,遇上块头大一点的,就褪去毛烤了吃;遇上块头实在太小的,拎回家看一阵儿,就扔到院门口街边的垃圾堆里。

祁小军的奶奶很不满意小孙子的做法,她不让祁小军去打鸟。

"你这是在造孽哦,"祁小军的奶奶说,"鸟儿好好的哪里把你招惹了?你非要作怪去把人家打死?"

但是祁小军不听奶奶的话,依旧拿起气枪一溜烟就跑了出去。祁小军的母亲在乡下教书,只有周末才回家,而且还不是每个周末;父亲呢,在外地工作,平时回来的时间就更少。祁小军不听奶奶的话,奶奶也拿他没办法。奶奶也想把枪给他藏起来,但家只有那么大,每次藏好了,祁小军回家找不到枪,只要拿鼻子嗅一嗅,就能把枪翻出来,好像那枪有一股只有他才知晓的气味。

祁小军的奶奶不知道怎样才能阻止小孙子去造孽,她只能一次又一次对着祁小军的背影说:"等你爸你妈回来收拾你!"

但是周末祁小军忙碌的母亲和远在外地的父亲都没有回来,没有人收拾的祁小军继续玩着他的气枪。

六月要过去了。这一天放学回家后,祁小军又跑了出去,他来到了一个鱼塘边。鱼塘边有十几棵高大的柳树,还有一些低矮的灌木,祁小军等待着,期望能打下一只猪屎雀。等了好一阵,没有猪屎雀的身影,却有一个宝

石般蓝色的影子掠过他的视线，停在了对面一枝近水的树丫上。祁小军认出来，那是一只翠鸟。他还从来没打下过一只翠鸟呢！祁小军的心一抖，几乎同时，他举起气枪，瞄准，扣动了扳机。翠鸟身子一摇，掉在了地上。

祁小军绕着鱼塘跑过去，跑到了翠鸟掉落的地方。翠鸟一动不动地躺在地上。祁小军第一次如此近地站在一只翠鸟旁，他突然发现翠鸟那长长的喙、朱红的胸腹、布满星子般小蓝点的头顶和宝石蓝的羽毛搭配在一起是那么美，就像一个来自天空深处的璀璨的梦。但是它腹部一块细细的绒毛，已经被浸出的血液染成了深酱色。祁小军蹲下来，盯着翠鸟，突然觉得被铅弹射中的，是他自己。他多么希望时光倒流，铅弹退回枪膛，翠鸟重新生动地站立在临水的枝头上，来自云层深处的阳光透过云层洒在翠鸟身上，让它像一颗红蓝相映的宝石熠熠闪亮。但是翠鸟躺在地上，已经开始渐渐地僵硬了。一股无力之感再次袭来，不同于上一次，这一次的无力之感好像掏空了他，让他感受到了一种难以抑制的虚脱。祁小军默默地看着翠鸟，直到暮色四合，一阵焚烧谷草的气息随风飘过来，将他淡淡地罩了进去。他使劲儿嗅了嗅弥漫在空气中的谷草燃烧的气息，这才从鱼塘边的菜地里摘下一片宽大的芋叶，将翠鸟仔细包了，拿在手上，失魂落魄地回家去。

祁小军想把翠鸟做成标本，但是他不知道怎么做，而且关键的是，家里也没有任何做标本的材料。最后，祁小军只得把翠鸟埋在了院子里的一棵桃树下，只留下了几片蓝色的羽毛，和翠鸟那坚硬、漂亮的喙。

祁小军把剩下的铅弹数了数，还有一百二十三粒，他把它们放回盒子里，用一块塑料布包起来，塞进了床底下他收图书的小木箱里。同时被塑料布包起来的，还有那支他已经用顺手了的气枪。收图书的小木箱放不下气枪，祁小军把气枪放在了柜子后背和墙之间的缝隙间。

时光如水一般流逝着，将近二十年过去了，祁小军偶尔也把气枪取出来把玩把玩，但是气枪，再也没有对着天空射出过一粒铅弹。

一条被流浪的蛇

徐 威

你还活着。这真是奇迹。

那晚，夜色浓郁。你在那辆蓝色车厢的小货车上，与你众多的同类挤在一起。一个个铁丝网做成的箱子把小货车塞得满满的。你似乎不太高兴，不停地吐着信子。的确，车厢里的空气不太好，换谁都会不高兴。

你闷得快要发疯，小货车却突然摇晃起来，一摇三摆地像个醉汉。正当你警觉地竖起身子，摆出一副战斗姿态时，小货车"砰"的一声，似乎撞上了什么东西。

车厢里有些箱子从上面滚下来了，散落一地。你也从上面掉了下来。挺疼的吧，但你应该很高兴。你一扭一扭地从箱子里出来，溜进了无边的夜色里。

为了庆祝这失而复得的新鲜空气，你像个孩子一样，在草尖上打滚，把自己的身体卷成一个圈。不过，你高兴得太早了点。

你只乐呵了半个晚上，天一亮你又被抓了起来。抓你的是两个四十多岁的农民，所用凶器为锄头、扁担。万幸的是，你没受伤。

你被装在一个蛇皮袋里，里面满是尿素刺鼻的味道。此刻，你就像是一张皱巴巴的纸钱，在不同人的手中转来转去。

他们把你卖给了一个野味贩子，然后拿着钱乐滋滋地回去了。你被挂

在一辆破旧的摩托车上，路不好走，摇晃得厉害。你似乎有点儿晕车，病恹恹得没一点儿精神。

挺长的一段时间之后，你进了一家金碧辉煌的酒店。当然，你不能走正门。你从后门直接到了厨房。他们打开袋口小心地瞄了你几眼，又把你放到电子秤上称了称，随后就把你扔到角落里。

好了，现在你身边又安静下来了。你是不是在想，人生真是一场悲剧。说实话，你仰着头思索的样子，还真像个哲学家。

厨房里很闷。你努力往袋口挤，试图用头挤出一条生路。袋口绑得很紧，你折腾了许久，却一无所得。

你累了，耷拉着头，似乎有点儿绝望。我想，要是上帝给你一双手，你现在肯定是在双手合十替自己祈祷。

或许，世界就是这么奇怪，在你最绝望的时候又给你一个意外的惊喜。你一个劲地往袋口挤，就在筋疲力尽的时候才猛然发现，蛇皮袋的下方有一个豆粒大小的裂缝。你欣喜若狂地把裂缝一点一点地撑大。好一会儿之后，你小心翼翼地出来了……

你在水泥地板上行走，感觉不太舒服。你想念你家乡的杂草丛了。你深吸一口气，却怎么也闻不到那熟悉的草木气息。

你蜷缩在一个小区的角落里。你昂着头，不紧不慢地吐着信子。但是，我知道，你有点儿紧张。你的对面是一只雪白的猫。猫很小巧，看起来可爱至极。它看着你，并无敌意，也无惧意。它的眼中透露出一丝丝的好奇。它向你"喵喵"了几句，还坐了下来，一边看你，一边晒太阳。

你们就这么对望着。直到一个扎着辫子的小姑娘到来。小姑娘来找她的猫，只是，她没想到她会见到你。开始，她似乎有些惊慌，尖叫了一声。你的身子顿时紧绷起来了，盘起身子，信子吐得很快很频繁。

不过，你也不知道为什么，你并没有逃走。在这个突然出现的小姑娘的眼睛里，你似乎看到了一种温暖。自从离家以来，你没见到过如此纯净、闪亮又善良的目光。你像是中了邪一样，一直到小姑娘把她爸爸叫过来，你都没有动弹。

后来,你被带走了。当然,这次不能用"抓"这个词了。小姑娘的父亲是野生动物保护所的所长。他把你带到了三百里之外的一个森林保护区。在那里,你又闻到了熟悉的清凉的草木气息。

现在,阳光从树枝之间洒下来,纯净而温暖。而你,正盘成一团,悠闲地吐着信子。清风吹过,你突然想到了一个词:流浪。这时,你不禁打了个寒战。

绝 招

徐 威

　　"让一让,让一让!"民警小舟拨开里三层外三层的围观群众,终于挤进去了。十分钟前,派出所接到电话,说有人在清水江大桥上想不开,要跳江。所里民警老严正在处理一件急事,要等一下才能过来。所以,刚刚分配到这里的小舟先赶了来。

　　想要跳江寻死的是一个二十多岁的年轻女子,看起来好像是刚刚毕业的大学生。此时,她正站在清水江大桥的栏杆上,泪眼婆娑,泣不成声。小舟从围观的人的议论中,模模糊糊知道了,这个女子是因为大学毕业了,相恋四年的男朋友竟甩了自己,把一个更加美丽更加富裕的女孩子拥入了怀抱。女子一时接受不了,竟然想不开,要投江自杀。

　　"姑娘,请你冷静点。千万不要做傻事啊!"小舟看着前面五六米远的女子,大声叫道。

　　那女子没有说话,只是哭得更伤心了。

　　小舟以为她想通了,便慢慢向前移动,想把女子拉下来。

　　"别过来,你别过来!"那女子见小舟向自己走来,立时大喊起来。

　　小舟不敢动了,只好待在那里,柔声说道:"姑娘,没有什么事是解决不了的,你想开点,千万不要一时冲动,做出傻事啊!"

　　那女子又不说话了,眼泪却还流个不停。

"你还年轻,未来的路还长着呢。"小舟继续说道。

"就算你不为自己想,你也要为你的父母、为你的亲朋好友想想啊。要是你就这样跳下去,你爸妈得伤心成什么样子啊!"小舟见她稍稍稳定了下来,又慢慢劝道。

"他们都不在了,都不在了!"小舟不说还好,一说父母,那女子顿时又激动起来,似乎更加伤心了,嘴里反复说着"都不在了"、"都不在了"。

小舟这时有点不知所措了。

正不知接下来还能讲些什么的时候,老严终于赶过来了。老严经验丰富,做民警十几年了,什么事没见过?

小舟见老严来了,刚要开口,被老严一个眼神给制止了。

老严瞅了那女子一眼,慢条斯理地说:"看样子,姑娘是清水湾人吧?"

那女子哭得厉害,没有回答老严的话。

老严又说:"可惜啦,可惜清水湾一个水灵灵的娃儿竟然要跳清水江……"

小舟一脸不解,不知老严这是唱的哪一出。

老严叹了口气,说:"看你长得皮滑肉嫩的。可我就奇怪了,你那么爱美的一个人,咋就敢跳清水江呢?"

小舟蒙了,那女子蒙了,围观的群众也蒙了。

老严摇头晃脑地说道:"你以为这还是你小时候的清水江啊!你现在往下看看,清水江里都有什么。你看看,那是成堆成堆的垃圾。看啊,什么塑料袋啊,死鸡死鸭啊,烂衣服破棉被啊,都在清水江里漂着呢。还有,那些黑糊糊的工业废水,可全在清水湾里窝着呢。你低头看看,是不是黑乎乎的一片啊。我告诉你啊,那可是前面那家电池厂里流出来的呢。电池厂知道不?那黑黏黏的东西就是从那儿流出来的……"

老严说着,那女子还真往下瞧了瞧,脸色顿时一变。

老严继续说:"上次吧,也有个人跳下去了。哎哟,你可没看那捞上来的时候啊,整个一怪物,横竖都不像个人。浑身粘着烂泥浆,还臭得要命。后

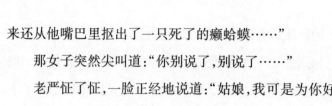

来还从他嘴巴里抠出了一只死了的癞蛤蟆……"

那女子突然尖叫道:"你别说了,别说了……"

老严怔了怔,一脸正经地说道:"姑娘,我可是为你好啊。你也很想知道你死了是什么样吧,我这不正在告诉你吗?"

那女子跺了跺脚,气呼呼地吼道:"谁说我要死啦!神经病!"说着便跳了下来,一扭一扭地冲出了人群。

老严笑了笑,乐了。

小舟靠了过来,笑嘻嘻地说:"老严你的招儿够绝!"

老严看看不再清的清水江,叹道:"他们的招儿才绝啊!"

远去的铁包金

佚 名

　　草原上狼多。牧民格桑家的帐篷在草地边上，却很少有狼光顾。狼不敢来，是害怕格桑家的三条藏獒。一公一母两只成年藏獒壮硕威武，死在它们口下的狼不计其数。它们的孩子，一只叫小铁包金的公獒也是骁勇善战，曾独自咬死过一只大狼。

　　一天，过路的牧民在格桑家借宿。客人的目光始终没离开过小铁包金。豪爽的格桑看出客人真心喜欢这只小藏獒，就把它送给了他。

　　过了几天，小铁包金居然自己跑回来了。但格桑还是狠狠心将小铁包金送了回去。

　　几天后的一个傍晚，小铁包金又跑了回来。这次格桑没让它进帐篷。第二天清晨格桑走出帐篷时，发现满身霜花的小铁包金还在外面守候着。格桑硬起心肠冲小藏獒扬起了皮鞭。小铁包金没有躲避，任皮鞭结结实实地抽在身上。格桑抽完后扔下鞭子，红着眼睛钻进了帐篷。小铁包金一瘸一拐地走向女主人，用身子蹭了蹭她的腿，又舔了舔她的手，然后小铁包金又走向两只大獒，和它们碰了碰鼻子。这次，小铁包金也似乎下定了决心，它转身一瘸一拐地走向了远方，再也没有回头。

　　一个月后，格桑家的母獒产下了六只毛茸茸的小獒。但偏偏在这个时候狼来了，黑压压的一片，足有五十多只。公獒狂啸着冲出了帐篷，母獒也

拖着虚弱的身子冲了出去……当附近的牧民骑马吆喝而来时,狼群这才逃走,但两只藏獒已战死在雪地里,它们的肠子流了一地,而狼也丢下了五具尸体。

第二天清晨,一条消息使整个草原陷入了一片恐慌:狼群昨天叼走了一只刚出生的小公獒!草原以外的人绝对不能理解这件事有多么严重——如果这只小公獒被狼养大,将成为嗜杀成性的魔獒狼头。

草原上迅速组织了打狼队,但打围了几天,只打到了几条老弱病残的孤狼。狼群主力似乎从草原上蒸发了。

这年春天,草原上诞生了新的獒王,一只威武雄壮的狮头金獒。

刚入冬,狼害便频频发生,似乎一夜之间,数不清的狼都从地底下钻了出来。

獒王狮头金獒也嗅出了魔獒的气息。在一个月朗星稀的夜晚,獒王统率的群獒与魔獒遭遇了。魔獒坐在草地上,它身形巨大,全身漆黑,面目狰狞。狼群就在它身后几十米处长嗥,似乎在为它助阵。一只勇敢的藏獒首先冲向魔獒。魔獒依然端坐着,在公獒接近的那一刹那,猛的一闪,硕大的头颅一摆,大嘴一合,便咬住了公獒的喉咙。不一会儿,那只公獒便轰然倒地了。

狮头金獒站起来,金灿灿的长毛奋然一抖,怒嗥一声跃了上去……

战斗是惨烈的。两只猛獒的嗥叫声惊天动地,它们厮咬着,翻滚着,它们身下的雪地被压成了雪坑。最终倒下的仍然是狮头金獒。牧民们呆住了。那简直不是獒,是魔鬼,它居然能一口气咬死草原上最雄壮的獒王。

这时人群中不见了格桑,他端着猎枪直朝魔獒奔去,风在耳边"嗖嗖"地响,格桑已然将生死抛在了脑后。

格桑想冒死近距离对准魔獒的喉咙开枪,但魔獒没容他走近便长嗥一声扑了过来。格桑匆忙中开枪,"砰"的一声子弹从魔獒头上擦过。魔獒发出令人毛骨悚然的嗥叫,庞大的身影眼看就要淹没了格桑。

就在这时,旷野中一团黑影闪电般地袭来,"砰"的一声,如平地闷雷,魔獒硬生生地被撞开了。一只身形巨大、壮硕威武的铁包金公獒如狮子般屹立在雪地上。

恼羞成怒的魔獒咆哮一声扑了过去，铁包金硬碰硬地迎头而上，头颅撞击头颅，钢牙碰钢牙，轰然有声。战斗一开始便惊天动地，地动山摇。两只公獒的身上渐渐皮开肉绽。当铁包金气喘吁吁的时候，魔獒便开始了反扑，血盆的大口直取铁包金喉咙。铁包金虽然躲开了，但肩膀上被硬生生地撕下了一块肉。魔獒再次猛扑过来。这次，铁包金硬碰硬迎头而上，就在要相碰的最后一刻，铁包金腰一拧，一闪，头一低，口一张，它的钢牙钳住了魔獒的左后腿。只听"咔嚓"一声，魔獒的腿骨被咬断了。魔獒愤怒地咆哮着，铁包金乘胜追击，蹿上去一口咬住了魔獒的喉咙。魔獒暴跳如雷，试图甩开对方，但铁包金死死咬住就是不松口。

许久，魔獒的怒嗥渐渐变成了沙哑的惨叫。血从魔獒的喉咙里喷出来，它终于倒下了。狼群发出一阵凄厉的嗥叫，迅速消失在夜幕中。

月光下，威武的铁包金小山般屹立着，所有的藏獒都昂起了头，一声比一声动情地叫唤着，似在吟唱一首悠长的歌曲。铁包金侧耳听着，良久，它缓缓地缩紧身子蹲坐下来——它伤得太重了。"扑通"一声，格桑跪下了，他认出了这只铁包金，就是当年被他用皮鞭赶走的小铁包金啊！藏獒是具有强烈自尊心的，两年了，它居然一直生活在野外，是他把它逼成了一头无家可归的野獒。但即使被抛弃，它仍然暗中保护着昔日的主人。

所有的牧民都跪下了。人们看到铁包金甩了甩巨大的獒头努力站了起来，然后掉转了伤痕累累的身躯，一步步走向了荒野，渐渐消失在一片茫茫夜色中。此时，所有的藏獒都肃立着为它送行，它们用低沉的声音吟唱着，在旷野中形成了一首哀婉的歌。

拯 救

曾向阳

某星球天际勘察员向星际首领发出紧急报告："尊敬的首领,我们一直观察的那个蓝色星球,近几年情况越来越糟,据今日测定的数据显示,此星球正在爆发特大瘟疫,上面可活动的生物越来越少,如果我们不去拯救,顺便弄清楚他们发生瘟疫的原因,只怕以后我们的星球也会步他们的后尘。"

首领看完报告,当即发出命令,速派出星球中最顶尖的宇航员、医学家、生物学、地理学家等组成的拯救队,务必要尽一切力量救出蓝色星球上可能存在的一切生物,弄清楚瘟疫发生的原因。

三个月后,飞船在蓝色星球着陆,所到之处触目惊心。即使带了先进的呼吸设备,还是感觉整座星球有一点酷热,拿出测量器一量,地表温度六十摄氏度。到处弥漫着难闻的气息,稀薄的空气预示着死亡的魅影随时可到。狂风怒吼,黄沙飞舞,随处可见形形色色的塑料袋,地表被挖出了许许多多的深沟浅洞,有的地方正在流着红色的岩浆,看来是火山爆发后还没有彻底停止活动。唯一值得欣赏的是随处可见的一些精美的建筑物,显示着蓝色星球曾经的辉煌。如今除了一条浑浊的河流还有一点浅浅的水在疲惫地流动外,再也找不到可以活动的事物了。

一行人面面相觑。曾经不是观测到蓝色星球上有活动的生物吗?而且首领不是说过要尽一切力量挽救这个星球上的生物吗?可是哪里有呢?一行人员随即分开,带着各种精准的仪器到处寻找。

几个月过去了,他们从星球的最南方依次搜索到了最北方。所到之处,只有一些臭气冲天的生物残骸。在一些美丽的大厦里堆满灰尘的图片上,他们了解到这个星球曾经的美丽,但还是没有找到一个活着的生物,哪怕是像图片上的被牵在手中饲养的温顺可爱的低等生物都找不到。

生物学家炅有点奇怪地说:“这到底是一场什么样的瘟疫呢? 竟能在短短的时间内把这个星球上所有的生物都毁灭? 太可怕了,如果不搞清楚,以后我们的星球怕也难逃一劫。”

地理学家逸也诧异地说:“按照那些图片上所记载的,我们应该到了此星球的最北端了,应该是被冰雪覆盖的极寒地带,怎么没见到冰雪呢? 这个星球上的气候变得太可怕了。”

一直在空中配合着侦察的自动飞船发来指示,再往北继续走五百公里,显示有淡淡的冰层,似乎有生物活动的迹象。此指示如同一注兴奋剂,给搜索的人员带来莫大的鼓舞。他们乘上最快的交通工具,一小时后就到达了那个地方。

背山之处确实是一个有着小量冰层覆盖的地方,气温相对来说降了很多,大概是十五摄氏度,空气似乎稍微好一点儿了。在一个简易的屋子里,竟然躺着一个生物,他有着瘦削的身躯,无神的双眼充满惊诧地打量着进屋的一行外星人。科学家旦用上了各种方法,竟然与这个生物有了简单的交流。他们知道了此生物是这个星球上最高等的生物,叫人。知道人把这个星球叫地球,因为地球人放肆无度地向地表深处开采矿物,放肆地砍伐树木,把地球变得极端暴怒,经常发生各种灾害,引起了人们的恐慌,为了争夺生存空间,爆发了战争。终于在各种生化武器的摧毁下,地球的气温发生了极大的变化。开始还只是每年以几摄氏度的气温上升,空气的氢氧氮等物都开始变化,人们只能调节自己的身体去适应环境的剧变。随后就以每年十摄氏度的气温上升,最后在地球的地表温度达到六十摄氏度时,所有的生物再也无法调整自己的身体去适应日益变化的地球,毁灭终于到来。一日

之间，整个地球上所有的生物都灭绝了。而此人，却是凭着毅力千辛万苦地挪到这个背山的有大片冰的地方住下来，又用尽各种方法保存着冰，让冰极慢融化，使这周围的温度保持在较低的水平，苟延残喘地度过寂寞的每一天。但是近几天，气温开始上升，冰层融化得越来越快，所以他知道自己的生命将进入倒计时。

"索取无度，最终只是加剧毁灭呀！"人感叹道，一滴混浊的液体顺着无神的眼角滴下。

生物学家炅比画着告诉人："不要急，我们是来拯救你的。"

看懂了炅的手势，人的眼睛霎时闪耀着希望的光芒。能生存下去，是每一种生物的憧憬哦。

他们问人平时的生存空间与饮食习惯，并说将凭他们的智慧，在飞船上为他造一个与人平时生存一模一样的空间。人无力地拿出一本一百年前科学家所著的书，上面记载了空气中的各种混合物的构成比例，以及人适合生存的温度与食物、水。炅和旦拿着这本书就去飞船上设计空间与食物了。

几个小时后，气温竟变成了四十八摄氏度，人的呼吸开始变得不规则了。恰好生物学家炅通知飞船上的一切都依书上的设计好了，让其他队员把人搬到人造空间里去。一到那空间，人仅过了一会儿，又变得焦躁不安，而且呼吸不畅。生物学家炅想，可能人饿了或是渴了，就把刚设计好的水与食品递给人。人大口地喝下了半瓶水，突然悲嗷一声，倒在了地上。炅吓得上前一摸，发现此人竟已无心跳与呼吸。

科学家旦测了一下所有物品的纯度，与书上的一般无二，人怎么会死掉呢？所有的队员你望着我，我望着你，一时间沮丧到了极点。

突然，生物学家炅一拍方方正正的脑袋，懊恼地说："我们错了，我们错了。"

"怎么错了？"大家异口同声地问。

"你们看，这本书是一百年以前出版的，那时地球上还没有发生变化，所有空气中的混合物都是很纯正的，水的质量也是很纯正的。可是最近几年，地球上的一切空气,水都发生了质的变化,更可怕的是,地球上的人为了生存,只能调节自己的身体去适应地球的变化。所以到了今天,人的身体已经起了很大的变化了,他们只能生存在当今混浊的世界里,怎么可能一步就回到一百年以前的生活环境中去生存呢? 纯净是好,可对于现在的人来说,好比让一个饿了很久的人突然饱餐一顿,能不胀死吗?"

"哦!"又是异口同声,可是在他们的口气中却有着无比的遗憾与失落。

是呀,谁能想到拯救竟是加速死亡呢? 他们带着遗憾与怅惘上了飞船,似乎没有找到保护自己星球的方法,可又似乎找到了……

捅啥别捅燕子窝

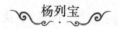

杨列宝

他家的两间旧瓦房还没拆的时候,堂屋中间的那根房梁上有一个燕子窝。每到春暖花开,就有一对燕子夫妻早早地飞来构筑爱巢。不多久,它们就会儿女满堂,呢喃不已。

看着飞来飞去忙里忙外觅食的燕子夫妻,听着一溜儿张着嫩黄小嘴、叽叽喳喳地迎接父母喂食的雏燕们欢快的叫声,坐在矮桌旁饮酒的男人,脸上幸福无比。

"它们无忧无虑真快活。"男人像是自言自语,又像是对正在一旁看电视的女人说。

"它们是快活了,可我得天天给它们擦屁股。"女人一直都讨厌这个燕子窝,多次想把它给捅下来或者关上房门不让燕子进来。

但男人不让,男人说:"老人讲,打死一只燕子就会瞎一只眼,捅掉一个燕子窝就要变成瞎子。捅啥别捅燕子窝,燕子是精灵鸟,谁家住燕子说明谁家的风水好。"

年轻的女人沉默了。她宁愿天天打扫燕子的粪便,也不想变成一个瞎子。

春去春来,日月如梭。男人和女人就像燕子一样,年年地忙碌着共筑爱巢,养育着他们的一双儿女。男人跑运输,女人种田,波澜不惊地共同厮守着家。

慢慢地,他们有了一些积蓄,计划着翻盖楼房。

除夕夜,女人说:"开春就拆旧房吧,明年除夕就能在新房子里吃年夜饭了。"

"行,天一暖我就去找建筑队。"

可到了阳春三月,正准备拆老房子,男人却变卦了。他说:"人家建筑队老板接的活儿多,得往后推几个月。"

"你上一次去不是都已经说好了吗? 怎么还要往后拖? 不行,我明天得找他问问去。"第二天趁男人不在家,她真的跑去问了建筑队老板。

男人傍晚一回家,女人就和男人吵上了,质问男人为什么要一次次地说瞎话骗她。

男人一看露馅了,就把实话说了出来。原来,前一阵子他发现那一对燕子归来后不久,雌燕就在爱巢里开始孵卵了。他想等这一窝小燕子会飞了再拆房子。

女人一听火了,说:"不就是几只燕子蛋吗? 值得你像孝敬你老爹那样去关心它们? 真是莫名其妙。"

说罢,趁男人上厕所的机会,她也不管什么眼瞎不眼瞎,找来一根长竹竿,几下子便把那个多年的燕子窝给捅了下来。

燕妈妈飞走了,在院子里喳喳叫着、盘旋着。燕子窝和燕子蛋砰地落地,男人的心也碎了。

"这些年你都凑合着住了,就差这十天半月? 真他妈的混蛋!"男人气得两眼冒火,就给了女人一巴掌。紧接着就是一场夫妻大战,最终女人捂着脸哭着跑回了娘家。

那几天,家里冷冷清清的。男人没出车,在家里给上学的儿女洗衣做饭。孩子不在家的时候,他就慢慢地喝着酒,听着那一对还不肯飞走的燕子在哀鸣。看一眼,咂一口,喝着喝着就泪流满面。

几天后,女人被儿女接回了家。第二天便开始拆屋盖房。

转眼，一幢两层小楼拔地而起。男人把他那一直借住在别人家的父亲接到了新家。可面对宽敞明亮、装修豪华的新房，男人却变得沉默寡言了。

"它们永远都不会再来了。"他想。

又是一年春来到，花开了，看着偶有燕子在院子上空飞过，男人的心里就一天比一天伤感。他很想让燕子们再来房檐下筑巢搭窝，看它们的亲密与和睦，听它们一家的幸福呢喃。可是，这些燕子们却像商量好了似的，就是不来他们家。

住进新房的第三年，刚进四十的男人就被查出重病。

到了春天，男人却已经到了弥留之际，他对女人说："结婚十几年就打过你那一次，别记我的仇。我走后你想留就留，不愿留就趁年轻再找一个好男人。但千万别把孩子们撂下不管，我不想让他们像我一样从小有娘却没人疼。"

女人哭了。她知道丈夫才几岁的时候，婆婆就嫌公公没本事盖房，借住在大队公家房屋跟一个说书人私奔了，丈夫心里一直有个结。于是，女人愧疚地说："那事都怨我，我不该惹你生气，更不该去捅那个燕子窝。你啥事都不要惦记，我不会走的，爹和孩子们我一定会照顾好，你就放心吧。"

男人使劲握了一下女人的手，然后充满感激地笑了一笑，说："那就太委屈你了。你知道我为什么一直很喜欢燕子吗？"

女人泪汪汪地点点头，接着又摇摇头。

"其实你只知道我很珍惜这个家，却不知道真正的内情。我小时候恨过咱妈抛下我不管，长大了才明白过日子的难处。你只知道咱妈姓梁，可你知道她叫什么名字吗？"

女人又摇摇头。

男人说："咱妈的名字叫梁飞燕，就像房梁上的燕子，因为没有地方住，所以才飞走的。你把燕子的窝给捅掉了，它们能不伤心吗？等你再想让它们飞回来时，一切都晚了。"

女人已经哭成了泪人。

那年的清明节,当他们一家老小给男人上坟的时候,他们发现,男人的坟头上空,有两只燕子一直在盘旋着、悲鸣着,就像他们的哭声一样催人泪下。

就要那棵树

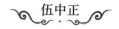

伍中正

米唐家门口长着一棵大树。树是樟树,枝繁叶茂,像一大团无法握住的云。

米唐常常对那棵树一望好半天。她在树下唱歌,在树下写字,还在树下跳舞。

米唐娘看见了,说:"米唐不唱了,该吃饭了。"

米唐就不唱了。

米唐娘说:"不写字了,该去撒把鸡食了。"

米唐就不写了。

米唐娘还说:"米唐,不跳了,去园子里掐些菜叶来。"

米唐就蹦蹦跳跳去了菜园。

米唐考进了城里的学校。那棵树成了米唐学费的一部分。凑学费的那些日子,米唐娘就想到了门前的樟树。当米唐娘的身后跟着几个肩背锄头手拿斧锯绳索的人时,米唐就知道,再怎么挽留这棵树也迟了。

那一大团无法握住的云倒下来的时候,米唐远远地站着,买树的人也远远地站着。树一落地,米唐抓着一根树枝就哭起来。

买树的人见了,劝她:"米唐,别哭了,不就一棵树吗?"

那些挖树的人也跟着帮腔:"再说,树就栽在离你学校不远的地方,你还可以去看!"

米唐就渐渐地止住了哭。

买树的人示意那几个人锯断一些树枝。那几个人手中拿着锋利的锯子,来来回回地寻找树枝最柔弱的部分下锯。树枝断裂的声音很响,响在米唐空旷的屋前。

树让一家工厂买走,那家工厂在城里。米唐看见那棵脱光了衣服的樟树走上了去城里的路。

米唐在樟树生长的地方,又开始唱歌。

米唐娘听了,说:"米唐,不唱了,你比娘幸运,树到了城里,你在城里还能看见,娘就真的看不见了。"

娘的话,又说出了米唐的眼泪。

米唐沿着那棵树走过的路,进了城。

米唐念书的学校,离那家工厂不远,也就是离那棵树不远。米唐下了课,就对着那家工厂望,就对着那棵树望。

星期天,米唐就去看那棵樟树。米唐看见樟树栽在厂门口。厂子里的人很讲究,还为樟树搭了凉棚,树很快就活了过来。那些发出来的新芽长出来的新叶就说明树没有死。米唐还看见有一个人在为树浇水。渐渐地,米唐就跟浇水的那个人熟了。浇水的是老魏。

米唐每次走的时候,就跟老魏说:"魏叔,很感谢你,过几天来看你。"

说完,米唐就默默走开。

回到宿舍,米唐拿出画笔和纸,一笔笔,很快画出了那棵树。画完,米唐把那幅画贴在床头。她起床时看,睡觉前还看。

同宿舍的女生弄不明白,就问:"米唐,好多的事物可以画,干吗要画一棵樟树?"

米唐淡淡一笑,不说话。

再出去,米唐邀了个有照相机的女生。在树下,那个女生为米唐照了好几张照片。

米唐回到家,高兴地对娘说:"娘,那棵树长得好好的,还发了芽。"

说完,米唐还拿出了在树下照的照片。

娘听了看了跟着高兴。

米唐说:"娘,往后,我还要买回那棵树!"

米唐还到那棵树下去。接纳了城市的阳光和雨水,樟树完全活过来了,再没有那黑黑的凉棚遮盖它美丽的身躯。米唐站在树下,老魏还在为樟树浇水。只是那些从厂里出来的人,边走边说,有人说到了树,说到了厂长,说厂长不应该拿职工要发的福利去买树,说这厂弄不好就要垮了。

老魏看见他们走远,才对米唐说:"米唐,这厂子怕不行了。"

米唐问:"魏叔,厂里的人往后会不会对这棵树起坏心?"

老魏说:"工人情绪不稳,说不定啊。"

米唐"啊"了一声。米唐很艰难地从那棵树下走回了学校。

米唐从那所学校毕业后就恋爱了。

米唐领着男友走向那棵树。

在那棵树前,米唐停下步,用手指着那棵树说:"你看你看,那树枝上还歇了一只黑鸟。"

男友顺着她手指的方向,漫不经心地看了一眼。

米唐说:"你多看一眼就不行?"

男友说:"行。"

男友就紧紧地盯着那棵树。那树上的一只鸟让他盯飞了。

这个时候,米唐很幸福,也很沉醉。她让男友的手轻轻地揽住了自己的腰。

这个时候,米唐的眼里就有一些晶亮的泪水。

城市这么大,这么繁华,米唐最喜欢的地方就是那棵树下。她经常把男友带到那棵树下。她看见那些从城市吹来的风,一阵一阵地翻看樟树的叶片;她看见那些枝头落下的叶片很眷恋地飘向大地;她还看见老魏很坦然地在树下做最后的守望。

男友起初弄不明白。男友说:"米唐,恋爱的地方多着呢,你换个地方行不行? 你说行,我把那棵树买给你!"

米唐要的就是这句话,她等的就是这句话。

米唐的眼里浸着泪水说:"这棵树就是原来我家门口的那棵树,我想让它回家!"

男友说:"行。"

米唐家门口的樟树又回来了。

米唐也请人给那棵樟树搭了凉棚。她还对娘说:"娘,有空的时候,给树浇浇水。"

米唐走后,村里有人和米唐娘坐在屋里聊天,聊着聊着,就聊到了门口的樟树:"米唐娘,你家米唐有能耐呀,那棵你舍不得卖的树,又给你弄回来了!"

米唐娘说:"当天挖这棵樟树时,我家米唐还在树下哭呢。我就晓得她舍不得,说不定她还要把这棵树要回来。"

米唐娘说完,两行泪扑簌簌往下落。

倾 听

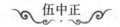

伍中正

　　陈村在整个乡里没有特别的地方，就那一山好树，一棵棵枝繁叶茂向天走，值得一看。林管站的卜站长不管是喝了小酒，还是没喝小酒，都这么说。

　　起初，卜站长说这话时，没引起陈村人注意，后来，陈村人或站在自家的屋前或密密麻麻地挤到山下一看，满眼郁郁苍苍，一山的树，经风一吹，林涛起伏，就觉得他的话没错。

　　陈村人就活在那一山树里，卜站长也活在那一山树里。

　　那一山树像绿色的波涛无时无刻不在吞没陈村，吞没每一个进入它内心的人。

　　林乡长第一次进山。林乡长跟卜站长顶着二〇〇四年夏天火毒的太阳到了陈村，汗粒在他们的身上不停地生长。他们聊着聊着就钻进了厚实的林子。

　　林子里的风凉凉的，凉凉地吹过来。

　　让那凉凉的风一吹，林乡长身上的汗粒没了，他半开玩笑地说："卜站长，栽这山树还是你想的点子，到时候，乡里要伐树，你舍得？"

　　那一刻，卜站长的脸上绽开了笑容，说："怎么会不舍得？ 舍得！"

　　林子里有块大青石，平整光洁。卜站长坐了很多次，每次进山，走累了，他就在上面坐会儿，歇口气，听听风吹树的声音。树还没成林时，他坐在上面,还能看见天上的白云。那块大青石,同时并排坐下了两个人,林乡长坐,卜站长也坐。

他们的谈话就从这块青石上毫无顾忌地开始。

林乡长拉着卜站长的手,不时地感叹:"卜站长呀,我听到了风吹树林的声音了,多好听的声音。"

卜站长只是笑笑。

林乡长接着感叹:"卜站长,要没你,就没陈村的这一山好树。"

卜站长只是笑笑,然后,他抬头看那些树顶,风一阵阵地吹得那些树响。

林乡长出来时,头上的太阳猛烈地打在陈村,打在夏天的那一片林子。

林乡长边走边说:"陈村的林子就交给你了。"

卜站长望着林乡长,他的脸再一次绽开了二〇〇四年夏天灿烂的笑。

卜站长脸上的笑还没有持续到秋天,就让乡里的决定结束了。

全乡的干部会议上,林乡长说:"为了还债,不得不动用陈村的树了,乡里也是不得已而为之。"

林乡长说完,干部们就开始了讨论。有的说,是得砍了;有的说,还债嘛,是得想点办法……

卜站长坐在椅子上一句话也没说。

最后,多数干部的意见是砍。

林乡长说:"砍吧!"

会就散了。会议室剩下林乡长跟卜站长。卜站长一把死死地攥着林乡长的手,就往外拉。

林乡长说:"卜站长,你松手,有话就说,我跟你走,还不行?"

卜站长说:"到陈村去,到青石上说去。"

天气已经凉爽了,林子极静。整个林子都沾上了秋天的气息,那块大青石也不例外。青石上仍旧坐着两个人,林乡长跟卜站长,背对着背。乡长的手搁在胸前,再也不拉卜站长的手。

卜站长闭上眼睛,脑子里是无数把斧子在狂乱地砍着树,是很多的人在

来来回回地背树,走动的声音杂沓。

卜站长睁开眼,脸色铁青地说:"林乡长,你听,满山都是砍树的声音,满山都是树倒的声音。"

林乡长板着脸说:"听不出来,你卜站长胡说些啥? 你是不是有病?"

卜站长说:"好,我有病。当初我就看得出来,你第一次进山就在打树的主意。"

林乡长说:"我当初是在打这一山树的主意,难道有错?"

卜站长说:"没错。动用这山树前,你先撤了我。"

卜站长不依不饶。林乡长也不依不饶。

林乡长说:"卜站长,你别逼我。"

卜站长眼里滚动着泪,眨巴着眼,不再说话。两人就那么静静地坐着,背对着背。风一阵一阵地吹来,林子静极。

他们在大青石上坐了两个时辰。

卜站长起身,说:"走,乡里要砍就砍。"

林乡长说:"等等,要走一起走。我在这林子里倾听到了一种声音。"

卜站长出神地望着林乡长。他们走出了林子,他们一路回望着陈村的那一山树。

林乡长写了辞职报告,林乡长要走那天,卜站长送他。

林乡长紧紧地握着卜站长的手说:"风吹树林的声音真好,我听懂了。"

卜站长想到陈村留下来的那一山树,含泪点点头。陈村的树安然地生长。在一般人看来,陈村的树得以保存下来,得力于卜站长。其实,在卜站长的心里,更得益于林乡长,他是拿了自己的职务来保的。

年底,陈村人在山口挂了一个牌子,牌子上写着:护林人,卜取树。

卜站长看见了,就在自己的名字前加了一个名字:林爱山。

后来,陈村人弄明白了,陈村的山有两个人守着,一个是林乡长,一个是卜站长。

舞 台

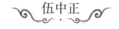

伍中正

李秀措拥有八百只羊。

她给每一只羊起了一个名字。每一只羊的名字,她没有写在纸上,而是记在心上。

只要那些羊在草原上雪白地走动,李秀措就开始歌唱。

李秀措白天唱,中午唱,晚上也唱。她没有放弃每一次歌唱的机会。羊群走到哪里,她的歌声就走到哪里。

李秀措的歌声非常嘹亮。往往,她只要一发声,那些羊就抬起头来,嘴里还咩咩地叫。她只要一发声,天上的流云,就放慢了脚步。她只要一发声,那些在草原上生长着的草就随着她的歌唱疯狂地拔节。

很多时候,李秀措把草原当成舞台,把那些羊当成听众或是观众。她不止一次地感觉到眼前有着八百个观众的宏大场面。任何的震动,都不会影响到歌唱的效果。哪怕有一阵强风刮过,哪怕有豆大的冰雹砸落。每首歌唱完,她都有一种幸福的感觉,脸上绽放着花朵一样轻松的笑。

李秀措觉得自己站着的舞台是那么宽阔,那么结实。无论她站在舞台的哪一处,她都能稳住自己,就像一朵花开在枝上,能找到自己的重心在哪,真实感觉到舞台的结实、完美。

有时候,李秀措想,要不要那些摇来晃去的灯光无所谓,要不要伴奏无

所谓。甚至，那些手里举着字牌嘴里疯狂喊着加油的亲友团或者众多粉丝，在她眼里，也仍然显得无所谓。

李秀措还有一种感觉就是，她的那些羊，如果听不到她的歌声，就没有精神，仿佛长得也慢。草原上风沙大的几天，她的咽喉有点难受，就没唱歌，她觉得那几天，她的羊群老是不听话，走得慢，磨磨蹭蹭，很难赶进羊圈。

她还发现，一只叫"小雪"的羊，出栏时走得试慢，原来是它的蹄子上嵌进了一粒坚硬的沙子。她把"小雪"轻轻放倒在草地上，一些羊围在她的身边，她的嘴里轻轻地哼唱着轻松的歌，很细心地替"小雪"除掉沙子。"小雪"就在那轻松的歌声里不滚不动。沙子除掉，"小雪"翻一下身，起来就走动自如了，很快就跟那些羊走在一起。

夏天，李秀措把羊群放到有鲜嫩水草的草原。那些羊像一支庞大的迁徙的队伍，在她的歌声里，朝着那些水草，有序地走动。

夏天，李秀措要离开自己的羊群，到城市去。也就是离开自己的大舞台到电视台的舞台去。

李秀措没有放弃这样的机会。她把所有的羊交给了姐姐。她对姐姐说："那些羊不听话，只听歌，给它们唱歌吧。"姐姐笑着答应了她。

草原的草在密集地生长。李秀措再把羊圈打开，那些羊一只也不愿走出来。无奈之中，她牵着"小雪"的绵软的耳朵，又唱起歌来，用歌声表达着自己还要回来的心愿。"小雪"缓步从羊圈出来，那些羊才开始雪白地走动。姐姐看在眼里，两行泪，缓慢地落下。

李秀措对着自己的羊群，流着泪告别。那个夏天，草原上的第一场雨非常的短暂。

那些羊咩咩叫着，一一抬起头来看她走远。

夏天，李秀措成为赛区的优秀选手。站在绚丽的舞台上，她有些恍惚，甚至有些迷茫。她的恍惚和迷茫不是热心的观众和评委是看不出来的。她把那种找不到重心的感觉掩藏了起来。

李秀措浸泡在一种纠结里，很难抉择。一边是没有灯光音响没有鲜花掌声的舞台,一边是有着猩红地毯有着溢美之词的舞台。

最终,大赛的评委给了李秀措一个提醒:"你的舞台在草原!"

那一刻,那双浸着泪水的眼睛在迷离的灯光里看到了草原,看到了雪白的羊群。

当许多电视观众替她惋惜的时候,当许多粉丝拼命要她签名留作纪念的时候,当许多网民发帖寻找她的时候,李秀措唱着歌回来了,回到了草原,回到了宽广的草原。李秀措接回姐姐看管的羊,又在那无垠的草原开始歌唱,她的歌声在草原上飘荡。

以后,有人开始在草原上寻找李秀措。直到有人找到她,要她去唱歌,要她去比赛,要她去城里的舞台。李秀措说:"你要找的李秀措早就不在草原了,这里没有李秀措。"

然后,她看着无垠的草原,咯咯直笑。

牧童与白鹭

邢贞乐

白鹭站在红树上，伸长颈项等待着退潮。

牧童来到河岸，对着白鹭哭诉："白鹭啊，我比你还痛苦！"

白鹭似乎读懂了牧童的内心世界，它"耶呀"一声扑打着翅膀，箭一般冲上高空，飞到去年与牧童约会的地方，在那片垒满脚手架的建筑上扑腾着，直至弹落几片洁白的羽毛才折了回来。

牧童说："免了，免了，凭你我的力量无法改变这无序开发的现实。"

白鹭似乎在说："千万别再填海，海一填，潮水无处排泄涌上河床，我们仅有的家园将被淹没。"

牧童读懂了白鹭的内心世界，"扑通"一声跳进河里，在曾经与白鹭一起捉蟹的地方，伸开双臂奋力将河水挡回去。白鹭为他的举动感动得流下了悲怆的泪水。

牧童无法力挽狂澜，他挣扎着游到岸边，湿漉漉地爬上红树，躺在树干上用他的心灵与白鹭对话："白鹭呀，记得去年我在那块湿地牧牛，牛吃着青青的水草，你在银光闪闪的沼泽里觅食贝螺，不时跳到牛肚子下面啄食黏在牛身上的贝蛎。过路的游人架起相机拍下这澄明纯净的水乡牧牛图，有你的衬托，那图景更是空灵而生动。"

白鹭似乎窥见了牧童的心灵深处，"耶呀"一声，好像在说："别提了，我的兄弟姐妹一起在那片湿地家园里，传颂着牧童的佳话，弹唱着生命的音乐，那是一种怎样的欢乐！而如今，我们不得不迁移到红树上，没了嬉戏、追逐、交欢的场所。悲哀呀，那蓊蓊郁郁、密密匝匝的水草，一夜之间竟长成了你拥我挤的'城市文明'！"

牧童感悟到白鹭的心音，抹了一把圆润的泪珠，长叹道："我的父亲也住上了高楼，没了圈牛的栅栏，那头牛流着眼泪被宰了，母亲养的几头欢蹦乱跳的猪崽也被投进了烤炉。习惯在地上行走的祖宗，找不到那片滋润他们灵魂的沼泽，迷茫着不知去向。我的牧歌已被删去那段柔美灵动的音符，变得越发空寂与苍白……"

远处传来一串串汽车的长鸣，横跨两岸的桥梁被轰隆隆的声响压得喘着粗气。动画般的车水马龙，把牧童心里的忧郁碾成了碎片："一辈子扶犁的父母，枕着几百万征地赔偿款，没睡过一天安稳觉。今天念叨着房价涨到两万元了，明天嘟哝着猪肉涨到三十元了，后天怨叹着庄稼地没了，犁耙驶不进城里，总不能坐吃山空呀！还有牧童我，自小只闻熟稻穗的芳香，只知道世上总得有人种粮食，坐惯了牛背坐不到如同针毡的'乌龟壳'里……"

白鹭蜷缩着身子，用长嘴伸到树枝上啄了几下，几片树皮掉入水中浮出水面，旁边树上的兄弟姐妹们扑腾着俯冲下去，当发现抢到的并非食物时它们又垂头丧气回到树上。漫漫而来的潮水，浸泡着白鹭"南国天堂"的梦幻——

"曾几何时，我们的先人带着憧憬飞越沧海来到这里，可那追捕的猎枪让它们诚惶诚恐不得安生，先人们承受着惨重的伤亡，拖着沉痛的翅膀飞离了这片神奇的水乡泽国。而如今，蓝天丽日大地欢歌，我们成了受宠的神明，成了美丽的使者，没有捕杀的枪口，只有艳羡的眼神！我们与游人融成了伙伴，与牧童结下了友谊。在那蓝天白云下，随处可见一行行柔白的身影，流动着一幅幅波涛汹涌的画卷。"

牧童伸了一下懒腰，晃动了树枝，几片枯叶掉落水面，旁边树上的白鹭吸取了上次的教训，看清了那是树叶而不是馅饼，它们盯着水面而没有责怪

流水的样子。缓缓吹来的凉风,浸润着牧童刻骨难忘的记忆——

"听奶奶讲那过去的故事,我的爷辈们买不起牛,在那片湿地里戴着斗笠披着蓑衣,一人拉犁一人耕作,耕熟了一片片金黄的稻谷,耕活了一茬茬生生不息的后代,耕来了牛和房子的世纪!那片流淌着爷辈血汗的土地,成了我美丽的家园。后来,我的爷辈们让出了一片沼泽,也成了白鹭栖息的家园。"

白鹭轻拍着翅膀"哎哟"一声,发出低沉而哀怨的叹息:"可是呀,到处都在圈,不知何时我们又要拖着沐漓如烛的翅膀,飞越沧海苦苦去寻找通往家园的路!"

此时,一辆大卡车在浅水处"哗"的一声巨响,倒下了一堆填河的泥土。白鹭惊慌地"耶呀"一声,仿佛在喊:"牧童,小心呀,这里已经不再是久恋之地。"

牧童如梦初醒,在白鹭的呼唤声中,开始了他的"梁园"思考……

断　章

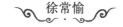

徐常愉

伐木汉子

　　每一天的开始，就是这样。我手握叫嚣着的油锯，对准树的底座杀下去，沉闷的摩擦声响起，木屑飞溅。片刻，锯片锯透树干，从树的另一侧轻快地闪出，紧接着，一棵树訇然倒地。我来不及瞅一眼倒下的树，又把油锯伸向另一棵树……一整天，都是这样，繁忙而单调。但我知道自己必须这样干下去，否则，我就挣不到钱。没有钱，就没法去小春红的酒馆……

　　小春红的酒馆是专门为林子里的伐木汉子们开的，是专门来掏汉子们兜里的血汗钱的。这些汉子们都知道。但是，汉子们却管不住自己。小春红长得不算漂亮，但是，野性，不把男女之间那点事当回事。这样就顺了汉子们的秉性。当然，我也不例外。每一次，喝完酒办完事，把钱甩给小春红的时候也心疼，却又安慰自己，人活着为啥，不就是图个痛快?! 钱算什么，明天油锯一挥又来了。

小春红

　　我知道，我每一天都在做什么，没办法，我需要钱。我一个弱女子，出不

得大力气,在这一望无际的林子里生存,你要我怎么办? 我只能靠那些有的是力气的汉子们。只要林子里的树伐不光,我的钱就赚不完。

我需要钱,是因为我喜欢钱,我为什么喜欢钱,连我自己也不知道。谁不喜欢钱? 那些汉子们甩给我钱的时候,看得出,他们也心疼,也不服气。可他们却谁也离不开我。因为他们需要女人,他们需要把身上剩余的力气用完。而在这片林子里只有我一个女人。

但有一个汉子的钱,我不喜欢,是因为我喜欢他的人。可他坚持每次都要给我钱,我不要,他就觉得是对他的极大侮辱。这样的汉子,真怪!

伐木汉子

要不是昨晚在小春红身上用过了力,也许我能躲过这棵并不是很粗的树。当锯片杀透树干的时候,我显然是愣了一下。那声音好像是身下的小春红疼得"啊"地叫了一声。那一声让我的心中再次掠过一丝快感。然而待快感消失,我却被树干砸在了身下。我大声地呼救,声嘶力竭。平生第一次感受到死亡的可怕。可是,我的呼救并没有人回应。其他的伐木工离我倒不是很远,但他们正握着油锯忙得欢实,说不定他们也在回味小春红的身体。

当生命即将结束的时候,我才真正感受到生命的可贵。抬眼瞅瞅压在自己身上的树干,突然意识到,它也曾是鲜活的生命,可是,此时已经死亡了。而杀死它的凶手就是我。我颓丧地悟出,自己这是遭了报应。这样想了,心中的哀怨渐渐消失了。我死有余辜!

小春红

没想到,他在我的怀里睁开眼的时候,突然显得很不安,竟有一丝羞涩掠过他的脸庞。那一丝久违的男人的羞涩深深刺痛我的心,让我涕泪俱下。

为什么在一个生命即将结束的时候才让我得到我期待了一生的东西?! 我轻轻地吻着他的双眼,于是,他的双眼幸福地闭上了。

我从柜子底部拿出了那个小匣子,那是我专门为他做的,里边装的都是他给我的钱。我本想有朝一日还给他,可是,他却没给我机会。我拿着他的钱去给他置办棺木,拣了林子里年龄最老的红松,竟然花去了他所有的钱。面对着粗糙地组合在一起的六块木板,我突然意识到,劳碌了一生的他只为自己买下了一口棺椁。如此而已。

这不能不让我想到了自己的钱……

树

关于那个伐木汉子的死,我必须出面澄清一点,那只是一个意外的事故。事后,对于我们的任何猜测都是误会。

表面看来,在伐木汉子面前,我们是地地道道的弱者。当锋利的锯片冷酷地杀进我们身体的时候,我们的痛苦没人在乎,就连我们的呻吟也被油锯的叫嚣声覆盖。即使这样,我们也并没有怪罪伐木汉子,更没有报复他们的意思。谁让我们是树呢? 必须承认,我们的价值许多时候是在被伐倒后才实现的。其实世间的许多事情,只不过是各自在满足自己的需要而已。比如,那个伐木汉子葬在了林子里,他的尸体腐烂后也必将成为我们生长的肥料,这不也满足了我们的需要吗? 从这个意义上来说,在我们生存的这个空间里,没有绝对的强弱之分。所以,我们不自卑,当然人类也没必要沾沾自喜吧?

土地

他们把我当作舞台上演了一出闹剧(请原谅我的麻木,因为我经历了太多的喜怒哀乐)。闹剧散场后,伐木汉子们继续他们的砍伐,小春红继续开

她的酒馆。不过小春红悄悄地干了一件大事。她耗尽所有的积蓄，又在我裸露的身上栽上了树苗。而其中的原因，是逃不过我的眼睛的。精明的小春红发现，林子里的树早晚有一天要被伐光，而她的肚子里已经有了新的生命。

不管怎么样，我都暗自庆幸，因为他们所做的一切都是我所需要的。

外星人的礼物

许 章

　　几千年前,来地球旅游的外星人,在离开地球时,为了向还处在落后又纷争不断的地球人展示外星球上高度发达的科学技术,特意留给地球人一份有着"千古之谜"之称的礼物——埃及金字塔。几千年后的现在,外星人又变作地球人的模样秘密地在世界各地考察和观光。

　　此时,地球人已进入了二〇六八年,地球上的人类社会已进入了高度的物质文明时代,可地球人的生存环境却越来越糟糕。地球上的空气和水已普遍受到严重的污染,安全卫生的水和新鲜干净的空气已成为昂贵的奢侈品,地球上比癌症更可怕的奇病怪症更是层出不穷,地球上的各种动植物的生存普遍受到了环境不断恶化的严重威胁。

　　为此,外星人为了若干年后再度来地球旅游观光时,还有机会看到地球人的存在,在准备离开地球返回外星球前的一个晚上,决定把两份一次性使用的礼物送给两个最聪明的地球人。

　　外星人把第一份礼物送给千岛上山先生,他是帝国净化水集团的董事长,拥有全球最大和生意最红火的纯净水制造企业。

　　深夜,外星人把礼物放到正在熟睡中的千岛上山先生的手中,以外星人特殊的语调告诉他说:"千岛上山先生,你好!我是外星人,我送给你这个像地球上罗盘针模样的东西,是外星人的高科技产品,叫作水之源时光罗盘,作用奇妙无穷。现在地球上的水之源糟糕透了，你是地球上最能认识到纯净卫生的水对地球人和其他动植物是如何重要的人。所以，你要切实记住罗盘上的数字是时光标识符号，每一小格，是跨越地球五百年的光阴。罗盘顶上的条形金属，是时光针。只要你按逆时针方向轻轻地移动一小格，地球上的所有水之源就马上回复到了五百年前的状况。届时，生活在二〇六八年的地球人，看到的将是一五六八年还未发生工业革命时的溪流、江湖和大海，那里流淌着的、奔腾着的和汹涌澎湃着的，都是清清的湛蓝湛蓝的大自然之水。"

说完，外星人就像一阵轻烟一样飞走了，他要赶在拂晓前，把第二份礼物送出去。

这份礼物也是罗盘形状的东西，一样有时光标识符号和时光针，它是空气之源时光罗盘。它的作用一样奇妙无穷，只要把时光针按逆时针方向移动一小格，地球周围的空气会马上回复到五百年前的空气。外星人把这个空气之源时光罗盘送给睡梦中的罗杰，以外星人特殊的语调告诉他说："罗杰先生，你是全球新鲜空气制造业的巨子，你清楚地知道新鲜的空气对地球是如何的重要。只要你醒来时，把罗盘上的时光针按逆时针方向轻轻地移一小格，地球上的人类和所有的动植物，就马上可以呼吸到和五百年前一样的带有淡淡的树叶和青草味的新鲜空气了。"

天亮的时候，醒来的千岛上山先生和罗杰先生都发现了外星人给的礼物，并能清清楚楚地记起外星人叮嘱的话。可外星人返回外星球后不久的某一天，他在浏览外星球上发行量最大的《宇宙演义》报时，无意间读到了一则惊人的有关地球的消息：根据宇宙天体研究中心的资料证实，遥远的外星球——地球上的空气和水之源在瞬间迅速恶化，地球人在不足一年内已像亿万年前在地球上的恐龙一样绝迹了。

地球人像亿万年前的恐龙一样绝迹了？外星人惊愕不已，并自言自语地说："我不是给地球上的两个最聪明的人分别送了水之源时光罗盘和空气之源时光罗盘了吗？难道是他们都……"

外星人好像想到了什么，他后悔极了。

寻　狼

申·平

　　三个人，一部车，他们在草原上寻狼已经好几天了。但是，他们连一根狼毛也没有找到。

　　这三个人，一个是城里某官员派来的随从，一个是当地的老板，另一个是名猎手——当年声震草原的猎狼英雄。他们寻狼，是为了打狼。打狼不是为了除害，而是要让随从带回城去，交给官员。

　　官员是个手握重权的人物。老板好不容易才巴结上他，给他送钱送物全不见反应。这日，官员终于亲自给老板打了个电话："赶快去草原上给我搞一条整狼来。这个事情成了，你的事情也就成了。"

　　老板星夜赶赴草原，先是重金求购，没有；然后请猎手出山，也没有。官员一天一个电话猛催，又派亲信前来督战。

　　随从的脾气很坏，他每天都朝老板发火："如果再搞不到，以后你就甭想再见我们领导了！"

　　老板急得抓耳挠腮："情况你都看到了，总不能把我变成一条狼让你带走吧。"

　　老板随后又朝猎手发火："都是你们这些人搞的！当年如果不是你们狂捕乱杀，怎么会成这样！"

　　猎手是他们雇的，说话也不客气："关我屁事！我们老百姓还不是听当官的。当年让打的是你们，如今不让打的也是你们，现在偷着打的还是你们。我真不明白，当官的要条整狼做什么用呢？"

随从把脸一变："你咸吃萝卜淡操心，这事要你管吗？"

越野吉普车在草原上奔驰，扬起一条黄色的沙尘。这些年，由于天旱和过度放牧，草原沙化得厉害。冬天的雪又少，裸露的草原在寒风中瑟缩，有风吹过，就扬起浮土；有车碾过，就拖起黄龙。

猎手看着窗外的景象，叹着气说："草原都成这样了，还会有狼？狼来了往哪儿藏啊？我们趁早收兵吧。"

随从蛮横地说："不行！就是大海捞针，掘地三尺，也要给我找出一条狼来！"

红日西沉，暮色四合。

开车的老板说："我们到就近的镇上去过夜吧。"

随从说："时间紧迫，今天夜里我们就在草原上蹲守吧。"

猎手说："开玩笑！这么冷的天，你想冻死我们啊！我不干了，回去！"

随从恶狠狠地说："你敢不干？我枪毙你！"

猎手就嘿嘿冷笑起来，说："哼，你好大口气。停车，让他枪毙我看看！"

老板却不停车。

猎手摇下车玻璃，将双筒猎枪伸出窗外，他指着天上飞过的几只乌鸦说："那我就枪毙一只给你看看！"

随着一声枪响，只见一只乌鸦像个断线的风筝掉了下去。随从就闭了嘴，脸色发青。

最后，他们在野外一座空蒙古包里歇了下来。为了御寒，他们生起了牛粪火，又拿出自带的牛肉干，开始喝酒。

随从为了缓和气氛，不断给猎手敬酒，猎手就乘机猛灌他。一会儿工夫，随从就喝多了。

不可一世的随从开始抽抽搭搭地哭起来，边哭边说："你们……知道我……有多难吗？如果我这次办不好这件事，我的命运……就交代了，

我……求求你们,帮帮我的忙吧……"

他哭着,竟要给猎手跪下去。

猎手把他拉住了。

猎手说:"好了,你挑几块大点的牛肉干在火上烤一下,烤出香味来,就把它放到外面的土包上去。如果有狼,它一定会来的。接下来你就不用管了。只要我发现了它的踪迹,它就跑不了。"

随从高兴地照做了。他从外面哆哆嗦嗦地回来,看见老板和猎手都已经睡下。他也蜷缩在火堆旁,却怎么也睡不着,不断侧耳谛听着外面的动静。后来他就想出了一个好主意,爬起来又溜了出去……

不知什么时候,猎手被一阵狼嚎声惊醒了。他抓起枪就往外冲。

的确是狼嚎声,而且就在附近。

猎手一阵狂喜:"好家伙,你还真的来了!"

猎手小心翼翼摸了过去。近了,近了,透过稀薄的夜幕,他看见土包上真的蹲着一个黑家伙,在一声接一声地冲天号叫。

猎手想都没想,举枪便射。火光过处,耳畔却响起一声人的惨叫。

猎手觉得不妙,惊慌地返回蒙古包喊人,正遇上老板冲了出来。二人东喊西找,就是不见随从的人影。他们都吓坏了,谁也不敢往土包那里走。他们依然心存幻想,希望等天亮一看,土包上躺着的是一条野狼。

狼 围

申 平

　　巴拉根仓去岳父家接老婆,不想却碰了一鼻子灰。他骑着摩托车垂头丧气往回走,嘴里骂骂咧咧的,看见路边的石头他都生气。

　　十一月的天气,草原上已经开始冷了,到处草木枯黄。在路上向远处看,起伏的丘陵上泛着黄光,只有草库伦里打下的一垛垛羊草,才泛出些许绿色。巴拉根仓越看这些心里越灰,他突然看到了可以发泄的对象。

　　那是几条狼!而且他一眼看出,这是几条正在发情的狼。其中一条是母的,剩下几条都是公的。公的围着母的撒欢蹦跳,阿谀奉承;母的却大模大样,一副骄傲派头。

　　母狼的样子让巴拉根仓一下子想起了自己的老婆:"他妈的每次她都乖乖地跟我回来,这次却一反常态,还跟我说起什么反家庭暴力,逼着我认错,神气得不得了……"

　　巴拉根仓的摩托车慢了下来,他在想怎样教训一下这条母狼:"对,还有那些公狼。你们也太胆大了,知道现在不许打你们了,你们就骑脖子拉屎,大白天的就到草原上谈情说爱来了,这也太不拿人当回事了!"

　　巴拉根仓这么想着,已经从靴子里拔出一把半尺长的蒙古弯刀。他把身子挺了几挺,突然"啊嘿"一声大吼,摩托车加大油门,直朝几条狼冲去。那几条狼可能是太投入了,特别是那条母狼,可能是太得意了,起初它们根

本就没有注意到摩托车向它们冲来,以致发现时已经晚了。公狼们倒是慌乱地跳开了,可是母狼却没有躲过,一下子被摩托车撞出很远,还没等它爬起来,摩托车再次冲到了它的跟前,巴拉根仓就在车上侧弯身子,对着它猛砍了一刀。接着,巴拉根仓又拐过摩托车,挥舞尖刀向其他野狼冲击,直赶得它们东奔西逃,他的心里这才痛快了许多。

巴拉根仓重新上路了,他一点也没有意识到危险的来临。他还不懂,打死发情的母狼会激起狼怨。他先是听见一阵阵凄厉的狼嚎响起,接着他突然发现四面八方都出现了狼的身影。而且就在这个时刻,他的摩托车居然没油了。冷汗一下子冒出来。巴拉根仓环顾四周,断然扔下摩托车,以最快的速度向离路边最近的一个草垛跑去。近了,近了,当他猴子一样爬上草垛的时候,草垛下已经围起了十几条野狼,一起对着高高在上的他龇牙瞪眼。

很快,狼也开始爬草垛了。幸亏草垛上面有压草的木杆,巴拉根仓抄起一根顺手的,看见哪边有狼头冒出来就往哪边打,打得野狼不断滚落下去。后来,野狼们停止了进攻,它们好像商量了一下,就开始从四面撕草。它们嘴叼腿刨,一心要将草垛弄倒。巴拉根仓手中的木杆失去了作用,只能眼睁睁看着狼群把他一点点往死路上逼。

巴拉根仓开始呼救,但是草原真是太空旷太荒凉了,周围几十里根本不见人影。他喊哑了嗓子也不见效果,只好坐下来等死。

这时候,巴拉根仓才开始反思自己的所作所为。很显然,他今天不应该打狼:“人家又没惹你,你打人家干什么嘛!不,这还不是问题的根本,问题的根本是不应该总打老婆。你不打老婆,老婆就不会跑,你也就不必去接,心情就不会不好……唉,老婆,那是多好的老婆啊!每次你喝醉了酒,把人家打跑,人家回来照样不记你的仇,照样给你煮肉吃,可是你吃了肉,喝了酒,就又开始打老婆,打得人家又跑……你呀,你呀!”

巴拉根仓想着想着,突然哭了起来,可是哭了几声他又不哭了。他猛地拍了一下自己的脸:“你这个笨蛋,怎么忘了打手机啊!”

他慌忙从怀里掏出手机,想都没想就拨了岳父家的号码。电话通了,却没有人接。

巴拉根仓便在草垛上跪下来,大声地说:"老婆呀,你快接电话吧,一切都是我的错,我向你赔罪,保证今后改还不行吗。你快一点啊!"

电话一连响了三遍,那边才有人接了,接了却不说话。

巴拉根仓声嘶力竭地喊:"老婆呀,快来救命呀,我在草垛上被狼围住了!"

草垛下面,群狼还在疯狂地扒草,草垛已经开始摇摇欲坠了。看看路的尽头,仍然不见救援的人影。巴拉根仓正在叫苦,忽然察觉狼群停止了动作。他探头往下一看,却见那条被他撞过砍过的母狼,正一拐一瘸地向这边走来。群狼立刻迎了上去,围住它又亲又舔。最后,那母狼朝草垛这边看了几眼,叫了一声,群狼便簇拥着它朝远处走去。

也就在这时,几辆摩托车出现在草原深处。巴拉根仓一下子就从草垛上跳下来,他张开双臂,迎着摩托车猛跑。活了三十多岁的他,第一次感觉到世上的亲情和宽容原来这般珍贵。

小狍子

申 平

刘青上山去捡柴，捡到了一只小狍子。

在冰天雪地的山上，小狍子正在一个雪窝里挣扎，眼看命在旦夕。

刘青四处张望，看不到大狍子的身影。他急忙上前把小狍子抱在怀里，柴也不捡了，急急忙忙往回走。走出不远，他看到了一大片血迹，还有人的杂乱脚印。他明白，一定又有人来偷猎了，小狍子的妈妈一定被人打死了。刘青在心里骂了几声，又看了几眼怀里的小狍子，觉得它挺可怜，才出生不久就没了妈，这不就成了孤儿了嘛！

刘青轻轻地对小狍子说："你不用怕，有我呢。我来救你。我可是个好人哪！"

说也怪，那小狍子这会儿缩在他的怀里，安静得如同一个婴儿。

刘青来到自家门前，忽然发现邻居苏大嘴家的门口有一溜血迹。谁都知道苏大嘴喜欢偷猎，莫不是……刘青不敢往下想，赶紧开门进院，大声地喊道："孩子他妈，我给你捡回一个宝贝来！"

媳妇从屋里出来，看见小狍子既惊讶又欢喜："老天爷，你这是怎么抓到的啊？是狍子还是鹿啊？"

刘青说："应该是个狍子。快，去小卖店买牛奶去。这没妈的娃，咱得救救它啊！"

媳妇答应着出去了,刘青就把小狍子放在热炕头上焐着。

一会儿媳妇提了一箱牛奶回来,嘴里说道:"我怎么闻着苏大嘴家有肉香呢?门口有血印,是不是这家伙又缺德了?"

刘青说:"不管他,他缺德让他缺去,早晚他会遭报应。来,咱喂喂这个小可怜吧。"

小狍子就这样在刘青家住了下来。冬天和春天一过,它已经长得挺大了。小狍子和刘青一家人亲得不得了,整天在院子里撒欢蹦跳,逗人开心。这天刘青下地干活儿,不提防它也跟了出来。刘青赶它回去,正碰上了苏大嘴。

苏大嘴一看见小狍子,两眼直放贼光。他说:"啊,狍子,哪里来的狍子?狍子肉可是最香的了。"

刘青看他一眼说:"也不知道是哪个没屁股眼子的,把它的妈给打死了,我就把它捡回来。我养它是为救它,可不是为了吃肉。"

苏大嘴讪讪地走开了。

谁知道第二天下午,就有一辆写有林业公安的车停在了刘青的家门前。

车上下来两名警察,他们对刘青说:"狍子是国家二级保护动物,不许私养,这只狍子我们没收了。"

刘青一听急了:"没收,你们想把它弄到哪里去?"

警察说:"我们要送它回山里去。"

刘青说:"那样还行,就让我们最后喂它一次奶吧。"

和小狍子分别的时候,刘青一家人哭得稀里哗啦,连警察都感动了。

哪知小狍子走后第三天,它自己又跑了回来。身上伤痕累累,看样子跑了很远的路。刘青一家人围着它又亲又摸,给它喝牛奶,给它吃青草。小狍子将息了几天,完全恢复了。

不料林业公安又来了,又把它给送走了。这次他们开车跑出两百多公里,把它放到了山上。

可是怪得很,过了几天,小狍子又自己跑了回来。

刘青主动向林业公安报告，他们无奈地说："既然这样，那你们就养着它吧。"

过了两年，山里开辟了旅游线路，一车又一车的城里人进山来旅游。那天刘青的儿子带着小狍子去看热闹，没想到旅客一看小狍子，争先恐后跟它照相。有主人在身边，小狍子非常听话，它摆出各种姿势让人拍照，一下子成了明星。

第二天刘青灵机一动，他说拍照可以，但是拍一次要交十元。十元就十元，城里人根本不在乎。一天下来，小狍子居然为刘青创收四五百元。后来进山的人越来越多，创收数目一路飙升。小狍子成了刘青家的摇钱树。

对门苏大嘴看着眼气，他每天上山去搜寻，也想抓个小狍子养。可是他的身上有血腥气，狍子老远闻见就跑。后来，苏大嘴花了两三千元，从一家鹿场买了一个小狍子。他一个劲儿给它灌牛奶，像供神一样供着它，巴望它一夜长大，好给他挣钱。

这样养了三个多月，钱没少花，以为养熟了，就放开它让它自己在院子里跑。可是这天早上起来，院里哪还有小狍子的影子？

原来，小狍子夜间越墙逃跑了。

蚕逍遥

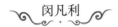

闵凡利

　　我是一只蚕,现在躺在蚕山上。蚕山是用麦秸或稻草编织的呈"W"状的物件,供我结茧的。我一边吃着桑叶,一边想老食儿吃完就要吐丝了。静下来想想,从自己是一枚卵,通过光照孵化成蚁蚕的那天起,就和桑叶结了缘,一辈子只吃桑叶,一直吃到吐丝。

　　我的一生也就五十多天。这短短的时间,就是我的一个时代。自己必须要经过从卵—蚁蚕—蚕—蛹—蝶的过程。蝶才是我的成虫,也是我的归宿。想想我就笑了——就这几天的光景,要走这么多的坎儿,受这么多的磨难,怎么想怎么像人生啊!

　　蚁蚕是我的幼虫,从蚁蚕到吐丝结茧我要休眠四次,蜕四次皮。这只是二十五天左右的时间,除了吃就是蜕皮,我不停地长,长得强壮庞大。据说一个吐丝的蚕的体重是蚁蚕的一万倍,说起来这都是桑叶的营养啊!

　　我感觉老食儿吃得差不多了。前几天特饿,那个穿红衣的女孩虽然一上午来喂好几次,可还感觉饿,后来连桑叶梗子都吃了呢!红衣女孩嫌一个人择桑叶慢,就叫来那个叫闵凡利的,听说是个写文章的。他们一起去地里,砍来好多长满桑叶的桑枝,放到竹簸箩里。这下,我们可以大快朵颐了。

　　那几天,我们发现闵凡利这家伙没事常往蚕房里来,一来给我们喂食,二来呢,我发现这家伙的眼神很特别,说文一些叫暧昧,说土一些就是眼里面有个扒钩子,反正是特流氓。他看红衣女孩时,眼里会伸出一只手,在红衣女孩的身上抚摸。后来我才明白,敢情这家伙喜欢上红衣女孩了。这时候,我发现,闵凡利和我一样,开始在心里孕丝了,当然,他孕的是情丝。

记得那天我已停止进食,休眠了一天,刚爬到蚕山上。我要开始做我一生中最大的事——吐丝,就是把我们肚子里吃的桑叶精华吐出来。丝是桑叶的精华,是一种液体,出了我们的嘴就变成透明的线。我们越吐身子就越小,也越孱弱。为保护自己,我们先给自己用丝织一个壳,那壳好似蜗牛身上背负的房子。吐丝需两三天的时间,可对我们蚕来说却非常漫长。我一边吐丝一边想,难道,我们活着就是给自己织一个壳,把自己圈进去。就像你们人类,小时候拼命地学习礼仪道德,学习生存之道,实际上你们学的就是怎样把自己圈进去,怎样再把自己消耗掉的方法和技巧。

我吐丝的时候,一抬头看到闵凡利也在吐丝。当然,他是在给那红衣女孩倾吐情诗。在我听来,那是一种麻醉人的谎言。可那红衣女孩很喜欢,听着闵凡利的情诗,脸上荡起红晕,那含羞的模样柔媚极了。

后来我看到闵凡利去拉红衣女孩的手了。红衣女孩把手放到他手里,幸福的样子,令人羡慕。我就想,闵凡利这家伙连个茧都不会结,就可以拉红衣女孩的手,亲近这个女孩的芳心。我为什么就不是人呢?如果我是人,不凭什么,就凭我结的这个茧,这女孩还不得对我投怀送抱?

哎,这就是命。我的壳越织越厚,渐渐地我把自己织进壳里。我把壳当成自己的家。当用最后的一根丝把家门堵上——喧嚣和嘈杂被我堵在壳外时,我感到出奇的静。当然,这时我得脱下这又肥又大又松弛的外衣。脱下这外衣,我才是个蛹。也就是说,我不停吐丝织壳,就为了把自己织成一个蛹。这是没办法的事,也是我必须要走的路,要翻的坎。就好比闵凡利后来和那红衣女孩结婚一样,他们组成了一个家庭,后来他们为孩子的事发愁,为柴米油盐发愁,为工作和人民币发愁,他们和我一样,也成了他们自己的一个蛹。

以后的路是什么呢?自己的这大半辈子,除了吃就是织个壳把自己圈

起来,我究竟做了什么? 仔细想,只做了一件事,吐丝——结那个把自己束裹起来的壳。我常常皱着眉头想,难道,这就是人生?

再想想那个叫闵凡利的家伙吧。他开始是上学,后来又写了一些自以为能教育人的狗屁文章。其实是满纸的荒唐言。他本是农民,可不会种地;后来又当工人,可不会操作机器;后来当官,当着当着把自己当腐败了当"双规"了当进了监狱。从监狱出来后,开始想干些不出汗的活计,想到写文章挣钱。怀有这种心态的人,能写出什么锦绣文章? 就算是好文章,连他自己都教育不了,还能教育谁? 生在这个浮躁时代的人,哪一个不比他聪明? 有时他还自我感觉良好。看看他周围的人,哪一个不比他虚伪? 哪一个不比他张狂? 哪一个不比他狠毒?

我虽是蛹,可我很清醒。虽然我把自己圈起来,但目的还是为了让自己走出这个壳。我虽是个虫,但我没忘,我是一个动物。动物最终的目标是什么,那就是繁衍。想到这儿,已成为蛹的我豁然开朗。

我好好地在壳里休养调整自己。我知道走进了壳里还要自己再走出来。一个虫能进壳不是本事,关键是要从壳里飞出来。我就想那个叫闵凡利的家伙,光知道写,写那些只有几个和他一样的家伙叫好的东西,实际上,他的那些作品都是文字垃圾。在这个被称为地球的尘世上,一天能生产几列车。

可我不能像他那么呆傻。上苍就给我这短短的五十多天的时间,在这期间,我还有一个事情要做,无论如何,我要把自己化成蝶。

这是一个艰难的蜕变过程。这次的蜕变和前几次不一样:那几次只是休眠一下,褪下那越来越小的外衣;而这次的蜕变是从一个虫走向一只蝶、从爬行向飞舞的转变,它是本质的、是灵魂的。这次蜕变是漫长的,需要生命中四分之一的时间,在茧壳里,我好好思考了自己和今后的道路。我想到了飞翔。啊,那是多么充满诱惑力的景象啊。

为了飞翔,为了在天空展开自己的双翅,就是受再大的磨难,值!

我刚化蛹时,体色是淡黄色的,通体嫩软,渐渐地变成黄色、黄褐色或褐

色,皮肤也硬起来了。经过大约半月左右,当我的身体又开始变软,皮有点起皱并呈土褐色时,我就将羽化成蛾了。

这一次的蜕变历尽艰辛,当已成蚕蛾的我啄开茧壳飞出时,你看到的将是一只飞翔的蝶。当然,我专门飞到闵凡利的书房,看到该同志正抓耳挠腮,在为一部作品中人物的命运绞尽脑汁,在为那个故事的发展挖空心思。我知道,他这样的人,永远生活在他自己编织的茧壳里,走不出来了……

这时身边飞过一只雄性蚕蝶。那是一只英俊的雄性蚕蝶,是我心仪的王子。我知道,我得走向他。走向他,我才会交合,才知道交尾的欢乐,我的生命才会饱满,才会充满光彩……

几天后,我产下我的孩子,他们是比芝麻粒还要小的受精卵——静静地躺在一张纸上。看着他们,我清楚,我的使命完成了。当然,我的时代也终结了;当然,我也很累,我真该好好歇歇了。于是,我闭上眼,看到了天堂……

蝶在舞

闵凡利

我是一只蝶。走向火焰是我一生的目标。

我原是一个卵。父母交配完就把我种在一块长着水草的泥沼里。我就成了一粒种。和所有的兄弟姐妹一起,我在水中成长,后来,我成了虫。再后来蜕了壳,成了一只蝶。

后来我的翅膀硬了,我就做"翅膀硬"的事。首先我要找到我的根——就像一粒种子要找到土地、一块云彩要找到大海一样。我非常想见我的父母。

一些和我一样在泥沼中出生的昆虫对我的想法嗤之以鼻,说我太温情太可笑,并说:"我们的父母把我们生下就丢在泥沼里,什么时候来看过我们,来问过我们?"

我说:"你们无情。"

我告诉他们:"我们虽是昆虫,但是有情有义。我们不能跟人学,人很多的时候翻脸无情,还虚伪歹毒。我们要跟羊和乌鸦学,羊知跪乳,乌鸦知反哺,他们应是我们的榜样。"

好多昆虫都低下了头。我知道,他们心中柔软的地方开始了疼痛。

我就开始寻找父母。我跋山涉水,在许多好心朋友的帮助下,终于见到我称之为父母的那对蝶子。

当我见到父母时，他们都在忙着做他们认为有意义的事。那天我刚飞到家，看到有好多的蝶子也都飞来了，我姑且称他们为我的兄弟姐妹。他们飞绕在父母身边。父母对我的到来没说什么，只是给我点了一下头，算是招呼，接着又忙他们的事。他们的事说起来就是去邻居家祭奠一只扑火而焚的雄蝶。这是一只扑了几次都没有焚烧的蝶，因为他扑向的都是隔着玻璃的灯泡。而这次，他扑向的是一个穷孩子的煤油灯。

穷孩子正在煤油灯下做作业，做得聚精会神。雄蝶趁穷孩子太用心的当口儿，扑向那盏灯火，先是翅膀着了，接着是腿脚，然后是身体。雄蝶的燃烧把穷孩子吓了一跳。当穷孩子回过神儿时，他已从灯上掉下来，躺在穷孩子的作业旁。穷孩子的字干净漂亮，一看就是个大学生苗子。他想告诉穷孩子："你不久后会是一个大学生。"可惜，他说不出来了。

深夜，雄蝶的死没过多久就被别的蝶子看到，就把这消息告诉给雄蝶的家人。雄蝶一家人听雄蝶死在火焰上，高兴坏了。在蝶族里，能死在火焰里是一个蝶子的福，是八辈子修来的。所以当那只我称之为母亲的蝶子听说雄蝶在开追悼会时，就忙着祭奠，连我这个亲生的儿子都不愿多亲热一会儿。在她眼里，我的存在，还不如一场祭奠重要。我不知这是我的福，还是我的痛。

在和父母一起的岁月里，我才知道，作为一个蝶子，能死在火焰里那是一种荣耀，是生命的一种永生。所以千百年来，飞蛾前仆后继扑向火焰，其实那是他们生命的一种尊贵，一种升腾，就像人在不停追求光明一样，死了，就是英雄，就是烈士，就会永垂不朽。只是，如今的蝶想死在火焰里非常非常艰难，因为人们都用上了电灯，还有，每家的门窗都用玻璃封闭了，对蝶来说，那是铜墙铁壁啊！

父母亲一边不停地给我制造弟弟妹妹，一边不停地给我灌输"能死在火焰上是一种幸福、是生命的最高升华"的理念。在和父母一起生活的不长时间里，我的生命里就只剩下一个追求——在火焰里永生。

我每天除了喂饱肚子外就盼着天黑。天黑了，才会有灯光，有灯光才可能实现我们生命的燃烧。如今人们的生活条件好了,家家都购买了空调,门窗在夏日比冬天关得还严实。每天在窗外徘徊时,我都看到我的好多同类,他们把两只眼睛等绿,也没有等到进入屋子的机会。更可恨的是,很多人家都买了"枪手"之类的杀虫剂,好多蝶在等待的时候就被杀虫剂击倒了。他们没死在火焰上,而死在杀虫剂的香味中,这就成了一只蝶的耻辱。好比战士没死在战场上,而死在女人的肚皮上。耻辱啊!

我绝不做被杀虫剂的香味熏倒的蝶。我眼观六路耳听八方,只要一看到那些个用双腿走路的人走向杀虫剂,就忙飞开。

后来我就盼望停电,只要停了电,人们一点蜡烛,我就有死在火焰里的机会。还有,在不停寻找中,我发现,农村停电的几率比城市多,有个五六倍吧。

我进行了战略转移,从城市撤到乡村。游荡在乡村的天空里,飞舞在乡村的黑夜里。在乡村,我来到闵凡利家的窗下。我发现,他家里的灯比别的人家熄得晚。夏日一停电,这家伙就会打开窗子,就着蜡烛的光亮,光着膀子写一些他认为能感染人的垃圾文章。看他那正儿八经的样子,似乎一不留心就能获诺贝尔文学奖呢。在我看来,他的那些文章狗屁不是。但说起来,对闵凡利这样的家伙来说,能有一个目标让他去奔,他以为是福呢!其实,活在人世的一些自以为是的人,哪一个不和闵凡利一样?

盛夏,每天我都早早来到闵凡利家的窗前。我等待着停电。那段日子,我天天念好多遍阿弥陀佛,目的就是让电停了。一停电,这家伙才会打开窗子,点起蜡烛。

俗语说心诚则灵。这天,还真停电了。我就见闵凡利骂了一句脏话,接着点起蜡烛,打开窗子。机不可失,时不我待,就在闵凡利开窗的瞬间,我飞进了他的屋子。

蜡烛的火焰跳跃着,欢快地舒展着身姿。闵凡利看样子正写在兴头儿上,他用手刮了一把额头上花生粒子般的汗珠,甩在地上,然后又继续写他的那不值一文的"经典"。这家伙写得很忘我,时而咬咬笔杆,时而双手托

腮,可爱极了。我常反思自己,我本是个愚蠢的家伙,为追求生命的永生,傻傻地飞舞,蠢蠢地寻找这盏烛火,现在看来,闵凡利这家伙比我还可笑。

烛火在热烈地摇曳着,用燃烧显示着他的光亮,显示着他不可一世的生命价值。看到火焰,我说不出的激动,我知道,我马上就要成为蝶族的一个永生的英雄,成为我父母眼中的荣耀和自豪!

我在心里暗吸一口气,义无反顾地朝烛火扑去。没想到啊,这么蓬勃的火焰一下子被我扑灭了。黑暗中,我发现,我只是腿脚受了一点儿伤,伤虽不大,但很疼,钻心地疼。我躺在桌上呻吟着,听到闵凡利这家伙嘴里吐出一连串的脏话,当然,脏话是骂我的。接着蜡烛被点着了,光明充满了房间……

闵凡利看到了桌上的我。我发现自己正躺在他的一纸文字上。他的那些文字好硬,石头似的,硌得我全身发疼。这家伙伸手把我提起来,狠狠向地上摔去……

就在闵凡利摔我的那一刹那,我猛地发现闵凡利这家伙很像我。我想告诉闵凡利,你也是尘世的一只蝶……

可惜,我永远说不出来了……

闵一刀杀牛

闵凡利

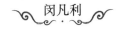

闵一刀大号叫闵庆黑,是我们闵家庄的宰户。闵庆黑杀牲畜很在行,猪狗牛羊等牲畜,送到他手里,一刀毙命,从不来第二刀。久而久之,大家把他的大名忘了,都叫他闵一刀。

闵一刀杀牛从不捆牛,也不卡牛。他说牲畜和人一样,也是条生命,是有尊严的。一个真正的屠户,对在自己手下死去的生灵,要尽量让它死得高贵、平静,死得没有痛苦。

杀牛前,闵一刀都把牛喂得饱饱的。他说,不能让它们当饿死鬼,不然,他的心会不安的。牛吃足了,把牛牵到屠宰场上,再给牛上一炷香。闵一刀一边上香一边说:"牛啊牛啊,你莫怪,你是阳间一道菜。"一连说几遍。等到香燃得差不多的时候,他才颠着自己那一短一长的腿,围着牛转。忘了说了,闵一刀是个瘸子。

闵一刀颠着自己那一短一长的腿,嘴里衔着支劣质烟卷,腮上的那两块肉向下坠着,把一双三角眼眯成一条缝,缝里露出的光却是金属质地的,像他背在身后袖筒里的尖刀那样闪烁着,让人心寒。一圈一圈,闵一刀就这样背着手围着牛转。刚开始牛很警觉,目光随着闵一刀手中的寒光转。几圈下来,见闵一刀没什么举动,牛渐渐放松了警惕。趁此机会,闵一刀挺刀直奔牛的咽喉。牛仰天长吼一声,弯刀随着气管的张开伸了进去,接着,他手

腕一抖一扣，刀尖就把牛的气管和血管都割断了。然后他往后一撤身子，随着刀子的抽出，一股血彩虹一样喷出。闵一刀飞起一脚，把一边的塑料大盆踢向血落的地方。接着牛轰地倒在地上。这一套动作他一气呵成，做得娴熟潇洒，仿佛是一场艺术表演。

可就在前年，闵一刀却遇到了一生从没遇到过的事。那是春天里一个阳光灿烂的日子，市电视台摄制民间奇人奇技，来我们村拍摄闵一刀的杀牛过程。闵一刀那天破例穿上了一身新衣服。新衣服有点儿大，在他身上晃晃荡荡，闵一刀看着就有些弱不禁风了。

和平时一样，他先把牛喂饱，然后把牛牵到屠宰场上。那是一头头上有白花的老黄牛。闵一刀接着上了一炷香。在上香的时候，他发现牛定定地望着他，目光很凄凉。他的心一颤。可那天太特殊，他明白自己的心得硬，不然，就对不起人家电视台的那些同志们了。

闵一刀不再看老黄牛，就按原来的步骤进行。香点着了，开始念叨"牛啊牛啊，你莫怪，你是阳间的一道菜"——当念到第四遍时，就听围观的人说："你们快看，牛流泪了。"

闵一刀抬头向黄牛看去，黄牛的眼角挂着一滴泪珠，要往下掉。他的心一紧，可看到电视台的同志们正聚精会神地拍他，就把眼闭了，心里说："牛啊牛，别怨我，谁让你这辈子托生成牛啊！"

念叨完了，闵一刀点起一支烟，叼在嘴上。烟雾冉冉升起，他开始围着黄牛转了。当转到一圈半的时候，就见那黄牛面向他，把两条前腿一弓，跪下了。

这一跪，把他跪慌了。他想去扶牛，猛想到牛不是人，就把刀子一丢说："奶奶的，不杀了！"

转身就要走。

村主任不愿意了，村主任说："人家电视台的同志忙活多半天了，你就叫人家半途而废？不行！一定要杀！"

拍摄人员也过来劝闵一刀，说："牛是通人性的，可能是预感到自己的命运了。没事的,你继续吧,这样拍起来才有意思。"

闵一刀看了看村主任,村主任叉着腰,两眼鼓鼓地瞪着他。他又望了眼电视台的同志。电视台的同志笑眯眯的,很慈祥。他长出了一口气,只好又拾起丢下的刀子。

从闵一刀又弯腰拿起刀起,那头黄牛就闭上了眼睛。闵一刀本以为要费点周折的,没想到却出奇顺利。当尖刀刺进黄牛的脖子时,就听黄牛长嚎一声,接着倒在了地上。

这次杀牛虽然出了点插曲,但总体来说,还算顺利,没影响闵一刀技艺的发挥,整个屠宰过程干净利索,赢得围观人们的一阵喝彩。把牛肚破开,打开腹腔,闵一刀呆住了,手中的刀子当啷掉在了地上——牛的肚子里,静静躺着一头已长成形的小牛犊!

闵一刀双手抱住了头,双膝扑通跪在黄牛的跟前。人们围了过来,都明白了。整个场上静得只听到录像带的转动声。

村主任过来说:"没事,不过是头牛!"

闵一刀一把抓过村主任,两只眼里像要冒出火来,他对着村主任吼:"你懂得什么?你他娘的什么都不懂!"

闵一刀对着牛恭恭敬敬磕了九个头,接着捡起丢在地上的刀子,头也不回地走了。他径直去了麻子三的铁匠铺。

刀子在炉中渐渐软成泥软成水,最后软成一滴大眼泪。

闵一刀看着这滴大眼泪,眼角的泪不由自主地流了下来。

两只蝴蝶

张学荣

　　黑黑身体壮硕，双翅油黑发亮，风度翩翩，风流倜傥，是蝶中的白马王子，曾有无数雌蝶为之倾倒销魂，甚至献身。黑黑整天和雌蝶们幸福地嬉戏于花丛中，翩翩起舞，上下翻飞，快快乐乐，无忧无虑。饿了，采撷花粉；渴了，吸吮露水；累了，静静地小憩于嫩绿的草尖，和小草做一番心灵交流。黑黑特别爱跟一只叫玉娇的小蝶成天缠绵在一起，引得其他雌蝶忌妒怨恨。

　　不想，某一天，一阵黑烟随风飘过，弱不禁风的雌蝶们骤感天旋地转，纷纷晕厥，歪歪扭扭地从空中摔落下来，宛若花瓣凋零。

　　黑黑也眼前一黑，一阵晕眩，跌落尘埃。

　　不知过了多久，黑黑慢慢醒来，环顾四周，只见大片的蝴蝶尸体横陈。其中，有整天围在身边追逐它的那些雌蝶，也有其他蝶群。在众多尸体中，黑黑一眼就找到了玉娇。它试图扇动翅膀，想飞过去，那对黑翅膀却毫无知觉，不听使唤，就像压根不是长在它身上的，怎么也动不了。黑黑只好拖着虚弱的身子，费尽力气，一点一点向玉娇爬去。不知爬了几天几夜，才到达玉娇身边，搂着玉娇的尸体，悲痛不已。

　　掩埋了玉娇，黑黑已经精疲力尽，几度昏迷过去，又一次次醒来。一阵轻风将一片尚未黑透的花瓣吹过来，一夜过去，花瓣上面凝结着两颗露珠。黑黑喜出望外，长叹一声："天不灭我！"

后来,黑黑竟然靠这片花瓣和每天夜间的一点点露水,奇迹般活了下来。又经过好些天的休息调整,终于可以跌跌撞撞飞离地面。

可是,此地花草枯萎,蝶类已经无法生存。

黑黑做好了长途飞行的准备。它生性乐观,对未来永远充满信心。这里不宜生存,一定有其他可以生存的地方。

黑黑本想选择一个阳光明媚的好日子出发。等了好几天,却每天都是阴霾满天。黑黑想起,现在已经很难见到阳光了。

黑黑决定不再等下去了,再等下去无异于等死,随时都有可能葬身此地。

终于,在一个阴沉沉的日子里,黑黑无限留恋地望一眼这个曾经山青水秀的地方,义无反顾地振翅飞翔起来。虽然空气沉闷,有些透不过气,加上身体还很虚弱,但它仍然坚定地朝着一个方向飞行。

黑黑一边飞行一边埋怨上帝:"上帝啊,你为何造了人类和世间万物,现在却又让万物享用不到足够的阳光、空气和水? 你又为何叫我们蝶类早早濒临灭绝?"

飞行了好多天,黑黑仍未找到宜居之所。一日,它忽然发现一只雌蝶正疲惫不堪地立于一棵半死不活的花草上。从体型外貌上看,这只雌蝶与黑黑并非同一个种族,但是,黑黑仍然变得兴奋起来。

显然,那只雌蝶也看到了黑黑,虽然振了振翅膀没飞起来,但一对花翅膀呼扇呼扇的,快活地扇动。它们为这难得的相遇、为还存在另一只同类而庆幸不已,激动万分。

倘若在以前,它们根本不会如此激动。不同种族不许通婚,不能交配。可是现在,它们顾不得那么多了,世界上只剩下最后两只蝴蝶,拯救蝶类、繁衍后代的重任落在它们身上。

雌蝶叫花花,和黑黑遭遇的命运一样,也是因为不宜生存,只身逃了出来。现在想想当时蝶尸遍野、惨不忍睹的状况,依然心惊肉跳,心有余悸。经过连日来寂寞孤独的长途跋涉,才遇见黑黑这只同类。

黑黑极力安慰花花，悉心照料着花花。几天过去，花花终于恢复了体力。它们自然而然相爱了。它们不相爱也不行。如果不相爱，它们的种类就要面临灭绝。

它们达成默契，结伴而行，飞向远方，去寻找它们的生活乐园。

可是，飞了数日，找了多处，仍没找到理想的地方。

花花心情忧郁，已经快要绝望了。黑黑仍然充满信心，乐观地为花花鼓劲打气。

这时，地面上传来人类的歌声。黑黑学着唱给花花听，想让花花开心开心："亲爱的，你慢慢飞，小心前面带刺的玫瑰。亲爱的，你张张嘴，风中花香会让你沉醉……"

花花没有张张嘴，反而嘟着嘴："没有玫瑰，也没有花香，只有空气中弥漫着的臭气，令人窒息。"

"亲爱的，你跟我飞，穿过丛林去看小溪水。"

花花忧心忡忡地说："丛林几乎都枯死，小溪水也已变黑发臭。"

"亲爱的，来跳个舞，爱的春天不会有天黑。"

花花没好气地说："哪还有兴致跳舞？春天已不是春天，冬天像春天，春天像夏天，气候异常，四季不分。天气阴沉沉的，明明是白天却像傍晚。"

"我和你缠缠绵绵翩翩飞，飞越这红尘永相随，追逐你一生，爱你永无悔，不辜负我的柔情你的美。我和你缠缠绵绵翩翩飞，飞越这红尘永相随，等到秋风起，秋叶落成堆，能陪你一起枯萎也无悔。"

花花万分无奈地叹口气："飞吧，逃离这世界。我们发誓，不管世界怎么变，无论生与死，你我都紧紧相随。等到秋天来临，再双双回到这世界看看，产下我们的宝宝。到那时，如果这个世界仍不改变，就一起枯萎死去，无怨无悔！"

长　腿

杨祥生

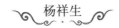

有江必有滩。一望无际的滩涂上，星星点点地居住着几十户渔民，滩涂管理站就设在其中，几间平房是职工吃喝拉撒的地方。

站长姓常，人高腿长，绰号长腿。

起先，站里也有干部职工十人，都是"飞鸽"牌，今天飞一个明天跑一个，最后剩下长腿和小何。小何多待了半年也憋不住了，硬着头皮找长腿。

"我，实在熬不住了，我不走，妻子赌咒要卷起铺盖回娘家去，唉……"

"行，君子不挡财路，我放你走嘛。"

"你，你甘心待在这鬼地方吃一辈子苦？"

"废话，谁不想睡热被窝。我不信，只有享不了的福，没有吃不了的苦。"

那晚，滴酒不沾的长腿喝醉了。

本来寂静的江滩搅不出一丝有滋有味的日子，不料叽叽刺耳的小船打碎了江水。一些眼睛发红的人陡地生出歹念，将小渔船装上浑泥泵夜以继日地打起水沙来，运到对岸顷刻就抓到大把大把的钞票。干此营生的称为打沙船。

打沙船呼地滚大，在滔滔的江水中横冲直撞。殊不知，在江边打水沙是掘江堤根基的大事儿，县政府三令五申严禁非法打捞水沙。

这下长腿可忙乎了，他逐船散发县政府通告。起先人们对他横眉冷眼，

117

接到通告三下五除二就撕成粉末。

　　他也不恼，又补发一张，笑嘻嘻地说："请看看，做人要做堂堂正正的人，挣钱要挣明明白白的钱，昧良心的事干不得。"

　　他说得口水四溅，听者悻悻而去。

　　接下来，他每天背着喇叭在堤上来回巡视，走一段就亮开嗓门喊："县政府有令，严禁在江边非法打水沙。"

　　他的声音在江滩旮旯里回荡。

　　这一招挺灵，打沙船见到他都说："快走，长腿来了。"

　　为此，他也结下了仇。

　　一天深夜，他刚入睡，门吱呀一响，几个蒙面人闯进屋，将他拖下床，按头的按头，抱腿的抱腿，拳头如雨点打在他身上。

　　有个像公鸡叫道："打断他的腿，看他管不管闲事。"

　　霎时，他认出了是谁，头一昂大骂："李小江狗熊，你小子是孬种，你做伤天害理的事儿，要遭五雷轰身，你不怕吗？"

　　李小江一惊拔腿就跑，其余的人也落荒而逃。

　　长腿拉亮电灯一瞥，两条腿青一块紫一块，肿成馒头，痛得如万针穿心。他挣扎着从地上爬起来，倚在床上躺下，这一躺就是半个月。

　　长腿想，李小江一露馅，打沙船开始收敛，可这些人心不死呃，白天不出动，难道会深夜……想到这里，他一骨碌跃起，找了根竹棍，一瘸一拐地走上江堤。

　　繁星闪闪，江风习习，东方瞬间呈鱼肚般白亮，雾气朦胧的江面，隐约可见一条小船在晃动。

　　"谁在打水沙？"长腿一拐一拐下了滩，小船叭叭响了几下就向江对面驶去，可没驶几米船头忽地冒黑烟嘶叫，"不好，打沙船撞上了鬼滩！"他暗暗叫道。

　　鬼滩就是淤积而成的暗滩，船撞上它必被污泥缠住下陷，行船撞上鬼滩仿佛进了鬼门关。

长腿顾不得脱鞋,扑通跳下水,猛的一个箭步上了船。他顿时傻了眼,李小江半蹲在船头,头耷拉着,语调也变了味:"你,你来抓我?"

他吼了声:"别放屁!快,快卸水沙。"

李小江猛醒,拿起铁锹发疯似的将水沙铲到江里,小船在冉冉上浮。

"不好,涨潮啦!"长腿大喊,李小江手里铁锹"当"地落船,呆若木鸡。

"别慌,我下水推船,你用竹篙使劲撑。"长腿口气镇定。

"别,你别下水,你……"李小江哽咽着。

"别废话,我腿长。"他从船尾扑通跳下,江水泡到腰部。

"用劲撑!"长腿喊道。

李小江一惊,慌忙拿起竹篙撑起来,船晃动了几下。

"用劲撑!"长腿不停地催促,水浸到他的脖子上。

李小江口吐唾沫在手心搓了几下,念念有词:"着,着!"

竹篙一上劲,船跳了几下。

"再用劲撑,快!"长腿嗓音高了八度,水已浸到他脸部。

李小江运足了气胸膛一凸,船缓缓移动。

突然,一阵巨浪哗地袭来,没头没脑地压在长腿头上。

"长腿,长腿,你,你在哪里?"李小江呼唤着。

"猫子哭老鼠呃,狗日的,你滚吧!"李小江循着骂声抬头一瞥,长腿正蹲在堤边,双手不停地按摩着腿。

李小江顿时泪如泉涌。

半个月后,江滩上破天荒地成立了一支义务护堤队,难以置信的是队长却是李小江。

环保中国·自然生态美文馆

鳗鱼灯

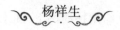

杨祥生

　　秋天的大江，风平浪静，宛如一马平川，正是捕鱼的佳期。渔人和大黑猫正不遗余力地追捕受伤的鳗鱼。几天来的飞船击水，累得他气喘吁吁。

　　这条鳗鱼真大真猛啊，是渔人打鱼几十年碰到的头一遭。他清晰地看到，这条鳗鱼体长如蟒，鳞白似雪，头尖像刀，腮红比火。眼看鱼已经困在网中，可惜他动作稍迟缓，收网时慢了半拍。捕鱼者谁不贪图擒条大鳗鱼，这既是高超技术的象征，也是至高无上的荣誉结晶，他怎能不心狂意乱呢？然而鳗鱼非等闲之鱼，它身陷罗网，闷劲大发，奋不顾身地头部朝前猛冲，网破鱼逃。他急中生智，拔出鱼叉从天而降。只见水面泛起一团红水，一股白浪划成一条线疾飞而去，受伤的鳗鱼就这样迅速遁入大江。为此，他急得在小船板上跺了几脚，后悔了好大一阵。

　　凭多年来的打鱼经验，他知道大凡受伤的鱼只顾往前冲，不会往后退。他不气馁，下定不逮到大鳗鱼誓不罢休的决心。他迅速收网，一条小鲥鱼缠在网眼里，他悄悄地放到水里。职业道德告诉他，这是国家放养的鱼苗，严禁捕捉。啊，一条鳗鱼！他一把捉住放到竹篓里。据说渔人最忌空手而归，如果打不到一条鱼就返航，预示着你今后可以改弦易辙了，否则在渔人面前你永远都抬不起头来。有了这条鳗鱼垫底，他没有后顾之忧，可以一心一意追捕大鱼了。

渔人大口大口地抽了支烟,顿觉神清气爽。他用江水洗了把脸,吐了口痰,拍拍麻木的双臂,强挺胸脯,稳捺舵把,瞄准目标驰去。小船突突驶了几个时辰,突然颠了颠戛然而止,且吱吱往下沉。他往下看,脑袋轰的一声炸开了,嗓门迸出了声:"不好,鬼滩!"

渔人说的鬼滩是江夹口淤泥形成的暗滩,稍有负重物压上就下陷。他仿佛进了鬼门关,从头凉到脚。

小船渐渐下陷,随时会有灭顶之灾。他犹豫了片刻,背起竹篓,搂住大黑猫跳下水,靠娴熟的水性爬上岸。

眼前的情景令他傻了眼,他误入了芦苇滩。白茫茫的芦苇密密匝匝,分辨不出东西南北。江风吹拂,发出哗哗巨响,揪人心肺。天黑乎乎的,犹如一只大黑锅笼罩地面,阴森悚人。天凉好个秋,尤其是晚上,露水簌簌从芦叶上落下,凉得人打趔趄。连累带冷伴饿,渔人精疲力尽却没有一丝睡意,他反复想到的就是充饥,可是眼下干粮早已被鬼滩埋没,打火机也丢了,唯一剩下的就是这条鳗鱼。他将鳗鱼从篓里取出,牢牢地抓在手里。没有火怎么办? 看来只有生吃,人饿急了吃什么都是香的。

大黑猫也饿得没有力气,双眸半闭,紧紧依在主人身旁。它看到鳗鱼,一下睁开眼,伸出长长的舌头,咪咪地叫着,声音低哑而凄婉。

他一惊,大黑猫几次救他于险境的场面在眼前闪现。一次他躺在沙滩上睡觉,一条毒蛇爬到他身上,大黑猫用舌头舔他,将他弄醒……

渔人心头一热,他将鳗鱼递给大黑猫。大黑猫咪咪叫了几声,咯嘣咯嘣嚼着鳗鱼。他仿佛欣赏一曲美妙的乐曲,慢慢地进入梦乡。

渔人被一声声呼喊惊醒,身旁站着几位陌生人,打着手电筒,大黑猫咪咪叫唤着。

陌生人告诉他,他们都睡下了,是大黑猫的叫声惊醒了他们。他们知道有人遇到困难,就循着猫叫声摸来。

打那以后,渔人不打鱼了,在芦滩搭了间小棚,大黑猫守候在他身旁。每晚,鬼滩旁有只马灯亮着。渔民们齐说,这盏灯是指路的鳗鱼灯。

王小水的水

徐水法

当接生婆找到王小水的父亲,告诉他生了个儿子,要他给儿子取个名字时,这个刚升级为父亲的他,眼前弥漫起一片烟波渺茫的水来。这无边无涯的水域是他自从离开当兵三年的海滨城市后,时时出现的场景。

他的家乡在大山深处,除了小溪淙淙、雨水哗哗外,就找不出像模像样的水域了。他退伍回家后,总是想起那无边无际的大海。于是,他就说王水有毒,大水是灾,就叫小水吧!

现下长成山一样魁梧的小水出门打工,就依照父亲的嘱咐,来到了沿海城市安城。安城离开东海有一二百公里,王小水一到安城,就喜欢上了。安城一条百来米宽的安河穿城而过,东西双溪夹城而流,小水站在水面宽阔、水波荡漾的安河边上想,父亲经常挂在嘴角的大海就是这个样子吧!

不过,王小水第一次站在安河边,安河就像小水老家那条养了多年的土狗一样,见了熟人摇头晃尾,见了生人吠叫不已,看上去很凶。安河也给了小水一个下马威。

那天小水远远地看见这么大一片水域,高兴得像见了梦中情人一样,飞奔向前。刚到安河面前,一股扑鼻的难闻气味直冲而来,顿时止住了小水的脚步,随之,"阿——嚏",一个惊天动地的喷嚏,响自小水的鼻孔。天啊!这是什么水?河两边到处漂浮着塑料袋、枯树枝等杂物,水色居然是白色的,就和家里母亲淘过米的水一样。小水从小到大看到的都是清澈见底的山泉水、山涧水、山里溪里、塘里的水清得游鱼都看得见的,这城里的水怎么是这个样子的?他甚至认为父亲不值,这么脏兮兮的水,想起来都要做噩梦,父亲却念叨了二十多年。

后来,小水知道了,原本这水也是清澈见底的,自从上游办了一个大工厂后,这水就慢慢变浑,最后成为现在看到的乳白色了。小水想,不管他了,多赚点钱早点回家去,还是自己山里的水好。自此,小水每天走过安河去做工,对安河的水也不太关注了。时间一长,也不打喷嚏了,这水仿佛认识小水了。

不知过了多少天,有一天小水经过安河,鼻子一阵奇痒,忍不住又打了一个大喷嚏。小水很奇怪,抬头一看,天啊!安河的水怎么变清了,清凌凌的水面打着鳞花,河边还有许多人在钓鱼。这可真是奇怪了,小水来了几个月了,从来没有看到过钓鱼的人啊!莫非有鱼了?

小水忍不住跑到河边,看到那些钓鱼人的塑料桶里都有钓起来的鱼。站了一会儿,还亲眼看见有人一会儿鲫鱼、一会儿鲤鱼地钓上来。问钓鱼人,他们也不知道,只是说前两天上游水库放水了,今天不仅水清了,水里还看得见一群群往来游弋的鱼儿。这下,很快安城里的钓鱼人互相传开了,大家都奔河边来了。

小水想起以前在老家山里的小溪里,钓起的都是一些手指长短的小鱼和泥鳅,从来没有钓上今天在安河边看到的很均匀的三四两重的各式鱼儿,大小整齐得就像菜市场里买来的一样。小水连干活的心思都差点没有了,这么好的机会,他这个山里的钓鱼高手,一定要去施展一下身手。可是工期不容许擅自休息去过一把钓鱼的瘾,小水只好忍着。

总算忙完了手头这一阵子的急活,小水请了个假,想着去安河过过钓鱼的瘾。小水准备好钓鱼的家什,来到安河边,小水傻眼了。什么时候这水居然又变成原来那样异味扑鼻呈乳白色的水了!小水一屁股坐在河边,半天起不来。

环保中国·自然生态美文馆

　　问了好几个人，总算知道了安城人公开的秘密。原来那几天是省里有个部门来安城复查全国卫生城市，当地人怕安河水不达标，就从上游水库买来干净的水，冲走脏水，再买来数百万尾各种鱼儿放到河里。

　　小水后来走过安河边，就纳闷了。上游有这么清澈的水，怎么安城的人宁可整天对着这一江淘米水一样的河呢！小水的眼前也弥漫起一片水来，那是老家村旁终年不涸的山涧水，清澈见底，游鱼历历在目……

坚守

孟宪歧

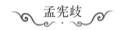

天界村已经有很多人不种地了。

天界村大片的地都栽了树,那树枝丫横生,树干歪歪扭扭,树下是荒凉的杂草。

青山爷看着那树那地直叹气,可他一点儿办法也没有。以前他当大队支书,有办法;后来他当村主任,也有办法;现在他只是一个年过七旬的老头子,什么也管不了了。

天界村的年轻人像候鸟一样在外面游荡。但家里的田不能撂荒,撂荒了让人笑话。便好歹弄点树苗栽上,管它爱长不爱长,成材不成材呢。反正,打工挣钱买大米白面吃,比种地划算。

青山爷哪儿也去不了。七十六岁的人了,还能往哪儿去?家里那四亩地如同一棵老藤,把他缠得紧紧的。他种了一辈子地,而且也只会种地。

自打那年分了责任田,青山爷就有了自己的打算。秋天收完秋,青山爷就在两亩山坡地里打梯田。过去集体打的梯田,这些年已经破损得不行。青山爷家的梯田一阶一阶的,很瓷实。原本挺大的坡地,就变成平平整整的了。到了夏天,同样的坡地,别人家的庄稼又矮又黄,下了雨,水顺山坡都流走了,存不住,不抗旱;青山爷的梯田里,绿油油的庄稼晃人眼。

按照天界村的惯例,每年夏季,地耕过三遍,就该歇夏了。村里人有的

坐在树荫下拉家常,有的聚在一处玩麻将。

青山爷却没有歇夏,他正忙得不可开交呢。割青蒿子压绿肥,忙活一个多月,倒把来年的农家肥积攒够了。青山爷种地不用化肥,也不喷农药,打的粮食只供自己吃,捎带着喂猪、喂鸭、喂鸡,挣俩活钱,日子过得也不怎么紧巴。

大宝西装革履地从外面回来,见青山爷弯腰驼背地在谷子地里捉虫,撇嘴笑:"弄些农药,刷刷刷一喷,省事,何必费那工夫?"

青山爷也撇嘴:"你吃那米,放心吗? 能药虫子的东西,人吃了没事儿?"

原来数大宝家分的地好,可现在呢? 除了干巴巴的几棵小树,再就是一人高的茅草——那地是瞎了。大宝他们哥儿仁都在外面打工,整天吃香的喝辣的。

有一天,大宝打工的老板让他从家乡弄点小米,大宝回家跟青山爷买小米。

青山爷说:"我的小米可值钱,一斤三块,少一分也不卖。"

大宝跟挨了烫一样叫起来:"山爷爷,你这是卖黄金吧? 比大米还贵?"

青山爷嘿嘿笑起来:"不是黄金,胜似黄金!"

大宝狠狠心,买了十斤。大宝回去跟老板一说,老板说:"不贵,不贵。那东西产量低,农村快没人种啦。"

老板吃了一顿小米饭后,立即找大宝:"你赶紧回家,这样的小米有多少我要多少。"

大宝兴冲冲回村跟青山爷说:"你还有多少谷子,全都推成小米卖给我,有多少我要多少,三块钱一斤,不讲价。"

青山爷说:"十块钱一斤我也不卖啦。"

大宝求青山爷:"山爷爷,你就成全我一回吧,老板让我给他买点小米,如果连这都弄不来,显得我太没用了。"

青山爷说:"实话告诉你,我也没有多少了,还留些自己熬粥喝呢。"

大宝没有办法,只好去别人家花了便宜价,买了五十斤小米,送给了老板。

第二天,老板铁青着脸问:"你这回买的小米味道不对呀,哪儿来的?"

大宝只好实话实说。

老板一挥手:"那些小米,给我拿走喂鸡去!"

大宝挨了老板的训,嘀咕着:"还不是一样的东西,挑肥拣瘦的!"

青山爷家的粮食突然就值钱了。他家的高粱米、棒子米、小米,都让大宝给倒腾到外面去了。大宝的老板很挑剔,凡是青山爷家的东西,他一吃就能吃出来,别人家的他一概不要。老板见大宝年年给他弄这些东西,就提拔他当了办公室主任。

老板说:"让你当主任,条件只有一个,你必须保证我年年能吃到你们村的小米。"

大宝就年年跟青山爷约定好,他家的高粱米、棒子米、小米,都给他留着,价钱给得挺高。

天界村的人看见青山爷成天在地里忙活,还能倒腾出钱来,就跟他学。天界村一下子就出名了。

这样的结果是青山爷没有料到的。他没料到自己十几年的坚守,让天界村的地里真的长出了黄金。天界村的年轻人又回来了许多,荒凉的土地又茂盛起来。

栽下一棵万年青

孟宪歧

　　书会在一座大城市里读书,学的是环境保护专业。从迈入大四门槛的那天起,她就琢磨着该写一篇什么样的毕业论文。

　　这座大城市很大也很漂亮,楼又高又有气魄,街道又宽又平整,金碧辉煌的高档饭店华丽典雅,就连一般的小吃部也与众不同。

　　书会曾进过大饭店,也不少在小吃部就餐,但每次使用那一次性的木筷子时,她的心就隐隐作痛。

　　书会的家乡过去是个山青水秀的小村子,参天大树随处可见。

　　后来,大树就被砍光了。

　　据说,很多大树就被做成了现在使用的木筷子。

　　没了树的遮拦,那洪水就像脱缰的野马,冲田毁地,水土流失严重。

　　书会纳闷:过去人们都使用竹筷子,天天洗刷,用了一年又一年。可如今不知道怎么了,时兴用一次性筷子,用完了就扔掉,不但浪费了木材,还产生了不少垃圾。怎么想怎么不对劲儿。

　　以后,书会每逢周六周日,她总要提一个编织袋子,到饭店或小吃部捡那些扔掉的旧筷子。回到她和同学租住的平房里,她就把那些脏兮兮的筷子用清水冲洗干净,一双一双积攒起来。

　　每当她的身影出现在饭店或小吃部时,人们就用鄙夷的眼神看她,以为她是一个收破烂的。

有一天，一个挺着大肚子的男人从饭店里出来，见书会正在弯腰捡地上的旧筷子，便饶有兴趣地问："姑娘，这东西，也有人收吗？"

书会头也不抬地回答："有，我就收，你有吗？"

男人瞅着书会粉嫩的脸蛋说："你是大学生吧？捡这个能挣几个钱？你跟我走吧。"

书会这才抬起头来，惊奇地问："我跟你走？为什么？"

男人答："你不是缺钱吗？我有。我包你吃，包你穿，包你用。一句话，我把你包下了。"

书会愤怒地涨红了脸，大声说："你以为你是谁呀？你有钱，我不稀罕！"

男人悻悻地说："大姑娘要饭儿，死心眼儿！"

说罢扬长而去。

屋里的筷子越聚越多，小屋越发拥挤。

和她同租房子的小华有些不满意，对书会说："这屋像个垃圾场，我不和你一起租了。"

书会歉意地笑笑说："对不起，妨碍你了，请你原谅。"

小华没有原谅她，很决绝地搬走了。

书会一个人住下来。

她的第一步计划已经实现：积攒了十万双洗得干干净净的筷子。

她去商场买了几瓶白乳胶，又去文化用品商店买了油彩。

半年以后，这座城市搞了一个美术作品展览。

参展的美术作品都是挂在墙壁上的，但有一件却是直接栽在地上的，它是一棵"万年青树"。

这棵"万年青树"造型独特，栩栩如生，博得了所有观众的好评。

人们惊叹的其实并不是它的外观，而是它与众不同的材料。

参展作品的名字叫"栽下一棵万年青"。

解说员用低沉的语调说："这件作品的作者，是一名在校女大学生。她

用了三个月的时间,捡了十万双用过的一次性筷子,洗净后晾干,又花去了近三个月的时间,把它们组装起来,创作了这件举世无双的'万年青树'。它的作者就是我身边的书会同学。"

观众们这时才把目光放在朴实靓丽、洋溢着青春气息的书会身上。

书会恭恭敬敬给观众行了个礼,缓缓地说:"我来自农村,我们那里的林子没了,都变成了城市餐桌上的一次性筷子。我没有能力来改变现实,我只能默默地用曾经是一棵棵大树的小筷子,栽下这棵'万年青',希望它永远绿在我们每个人的心中。"

所有走过"万年青树"旁的人,都神情庄重,仿佛他们在做一次朝拜。

书会以这棵"万年青树"为由头,撰写了毕业论文,获得了优秀奖。

后来,书会这件作品,被运往世界各地展览。

但书会已经不晓得了。

她正在她家乡的山冈上,向远方眺望。

她身后,是一株株迎风摇曳的小树苗,葳蕤地成长着。

诱 捕

孟宪歧

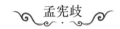

江山易改,本性难移。

这句话是老祖宗传下来的,非常准确,尤其是用在水生身上,那就更准确啦!

这不,前年打猎时被他用火铳误伤的二喜早就啥事没有了,就是脸上的伤疤也不明显了,这让水生高兴。要不,他心里愧疚哇。

二喜更高兴,说不定将来有哪个看走了眼的女人,会相中他呢!

水生觉得没什么可牵肠挂肚的啦,手便又难受得很,就还想去山里走一走,希望再碰上什么好东西。

水生就去表弟山旺家拿那杆旧火铳。

山旺说:"哥,前年那事难道你又忘啦?"

水生说:"没忘啊。过去的事就让它过去吧。最近我看山上有不少小蹄子印,都是狐狸的。弄一个,好给你嫂子做件狐狸皮围脖。现在时兴着呢。"

山旺淡淡地说:"你犟,我说不过你,反正,要多加小心才好!"

水生虽然把火铳拿到了手,但他没有立即进山。

因为乡里动员村民建塑料大棚,他家有三分地,必须盖上。这样耽误了十多天,他一直都在家里忙。

终于忙完了塑料大棚。

这天夜里,水生做了一个稀奇古怪的梦:一位红衣红发的漂亮女子姗姗地迎面走来。水生此时正身背火铳行走在大山中,他不明白,这深山老林里,怎么竟会有如此美貌女子一人独行?她从何处来?又向何处去?这时,那女子对他嫣然一笑,令他受宠若惊。这女子轻启粉唇,露出了一口齐齐楚楚的小白牙,柔媚万分地说:"鬼狐莫打,仁德留下;若起贪心,必伤骨筋。"水生刚想问个明白时,那女子已飘然而去。

水生醒来,想起女子那貌若天仙的样子,有点黯然神伤。

第二天,水生吃罢早饭,装好枪药,想着梦中的女子,闷闷不乐,一路想着心事,朝山上走去。

走着走着,水生便发现前面有一团火在燃烧,一边燃烧一边前进。

水生加快脚步,那团火前进的速度也加快。

后来,水生一路小跑,离那团火越来越近。

水生到底看清楚了,那是一只狐狸,还是一只火狐!

关于火狐,水生还是听爷爷说的。其实他爷爷也只听人说过,自己也从来没有见过。村里许多人也都是从传说中知道有火狐,真正的火狐谁也没见过。

这回水生看到了,他欣喜万分!

因为,火狐皮太值钱啦!

但水生明白,火狐不好打,它太狡猾。

见到了这么好的东西,他水生怎能不动心呢?

水生早忘了梦中的事,早忘了不高兴的事!他躲在一处隐蔽的地方,瞄准前面的火狐一扣扳机。枪响过后,那火狐浑身一抖擞,啥事没有,依然不紧不慢往前走。

水生这时心里纳闷,他平时的枪法一直不错,今儿怎么就打偏了呢?一枪不准,再来第二枪!水生马上重新装上火药,又是一扣扳机。那火狐依旧是身上一抖擞,照样不紧不慢地走,甚至还回头看看水生。

水生大惊,连忙又装第三枪火药。等装好枪药再想瞄准时,那火狐却已经不见了踪影。

没有打到火狐的水生很沮丧,他发誓要找到这只火狐。

水生就满山遍野地寻找火狐。找了多半天,口渴了,肚饿了,腿疼了,再也没力气走了,水生才背着火铳往回赶。

不知是累糊涂了,还是怎么的,反正,水生忘了把火药从枪膛里退下,就那么枪口朝下背着。如果在往日,水生是不会这样不小心的。

也是命中注定,水生下坡时脚下一滑,人倒没咋样,火铳的带子却断了,枪口戳在水生脚上。"咚"的一声,水生感到脚上揪心一般疼痛。

水生被自己的火铳击中了!

水生坐在地上,看到被火铳打得乱七八糟的脚,痛苦地闭上了眼睛。

可奇怪的是,他一闭眼睛,那火狐就出现在面前,他一睁眼,就没了;再一闭,火狐又来了,却慢慢变成了他在梦中见到的那个女子,那女子又对他妖媚地一笑,飘然而去。

吓得水生再也不敢闭眼睛了。

天越来越黑,水生的女人见水生这时还不回来,就找山旺和二喜一同进山寻找,发现了已经昏过去的水生,才把他抬回了家。

很不幸的是,从此,水生变成了一个瘸子。

水生究竟是怎么受的伤?

为什么自己把自己打了?

水生在山里遇到了什么事?

整个村子里没有一个人知道,连水生的女人都不知道,别人还能知道吗?

后来,村里又有不少人发现过火狐的影子,都回来跟水生说。水生的脸色就变得惨白,浑身乱抖,双眼紧闭,不省人事。

有人说,水生是在做梦呢。

也有人说,水生根本没做梦,他醒着呢……

寻 梦

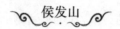

侯发山

　　爷爷喜欢钓鱼,这是我从爸爸小时候的作文中得知的。爷爷经常钓鱼的地方是村前那条小河。在爸爸的作文里,那条小河十分美丽。他是这样描写的:

　　"村前有条小河,说深不深,说浅不浅。窄的地方,潺潺作响,搭上几块石头,便可涉足越过;宽的地方,像一泓深潭,晶莹碧透,清澈见底。水面上金波灿烂,山的倒影、树的倒影,随着微微的波纹在水里荡漾。鱼儿不时地蹿出水面,掠起一片片细密的水花。河边柳丝婆娑,绿草茵茵……父亲坐在河边的石头上,手里握着长长的钓鱼杆,紧盯着水面。随着他的一声惊呼,便有一尾大鲤鱼被甩上岸来……"

　　真酷呀! 我想象着爷爷那潇洒的钓鱼动作,啧啧称叹,羡慕不已。

　　我也喜欢钓鱼。每到星期天,就让爸爸妈妈带我去公园,有时他们忙,我就一个人自己去。公园门口有个"鱼塘"——一个大塑料盆,注入半盆水,里面放着几十个小塑料鱼,鱼头上有块磁铁,钓鱼杆上面的线头上也有块磁铁,两者只要碰到一块,就算"钓"着"鱼"了。花两块钱,就能玩上一个小时。

　　没看到爸爸的作文之前,我一直爱好这种娱乐活动,常常乐此不疲,忘了烦恼忘了忧。现在我再也提不起精神去公园"钓鱼"了,我想在河里钓一回真正的鱼,何况老家又有那么一条玲珑剔透的涓涓小河呢? 我现在也老大不小了,再去公园"钓鱼"就有点不好意思了。

我就缠着爸爸,问他什么时候回老家。

爸爸看到我很想回老家,显得很兴奋,说:"应该带你回去看看,你三岁到现在还没回去过呢。"

我就迫不及待地说:"什么时候回去呢?"

爸爸捋了一下我的头发,说:"五一长假吧。"

那时刚过三八节,离五一还有好多天,我忍耐不住回家的渴望和钓鱼的梦想时,就去看爸爸关于描写家乡的作文:

"小河是温柔的,娴静的。风一吹,水面荡漾起轻柔的涟漪,就像抖动着碧绿的绸缎。金色的鲤鱼,不时地跃出水面,把平静的河水,激起一个个银色的圆圈。圆圈在扩大着,扩大着,一直扩展到河边的水草里……父亲悠闲自得地钓着鱼。不到一袋烟的工夫,他就钓起一条鱼来。鱼不小,背脊像磨石一样厚实,翘着一动一动的金须,鼓着一对黑葡萄似的眼睛,随着身体的扭动,鱼鳞在阳光下烁烁闪光,真逗人啊。这时候,父亲就像喝了蜜,脸上带着微笑,嘴里自言自语着什么。"

终于盼到了五一长假,恰巧妈妈的单位组织出去旅游,她也不愿回老家,于是,爸爸就带我一人坐上了开往乡下的公共汽车。

在车上,我忍不住满心的幸福问爸爸:"老家那条河里的鱼多不多?"

爸爸愣了一下,说:"鱼?"

我又重复了一句。

爸爸惨淡一笑,说:"河里早就没有鱼了。"

我以为爸爸骗我,说:"你小时候的作文……"

爸爸这才知道我翻看了他的作文,他长叹一声,软着声音说:"那是二十多年前的事了……河水早几年就给污染了。"

我不理解污染是什么意思。爸爸灰着脸,黯然半天,也没讲出缘由。

我将信将疑,心想就算河里没鱼,我还可以玩水呀。爸爸的文章里曾这样写道:

"水中三五成群的小鱼儿,它们从石下钻进钻出,游来游去,一会儿掉头向西,一会儿掉头向东,嘴儿一张一合的,使水面上冒起许多小泡泡。我脱掉鞋,把脚伸进水里,小鱼从脚面蹭我一下,又从脚底蹭我一下,好像亲昵地缠着我。我心里高高兴兴的,像有只小鸟在那儿歌唱。最快乐的是这河水,简直像一位活泼的少女,唱着,跳着,拍打着石头,踏着河滩上那些圆圆的石子,无忧无虑地奔跑着……"

我们到老家后,从奶奶嘴中得知,爷爷钓鱼去了。

"真的?"我眼睛一亮,一蹦老高,嚷着爸爸快带我去。

爸爸似信非信地瞅着奶奶,脸上抹着一丝喜色,说:"河里现在有鱼了?"

奶奶恍然地"噢"了一声,脸色降下来,嘟噜着一张风干了的丝瓜脸,无奈地说:"水都没有了,哪还有鱼?"

我的笑凝住了,愣头愣脑地问奶奶:"你不是说爷爷去钓鱼了?"

奶奶苦苦一笑,说:"你们去看看就知道了。"

爸爸就带我去找爷爷。

走在乡间的小路上,我东瞅瞅西望望,感到十分新鲜。村子西面的山,爸爸说叫"树山"。我心里纳闷,山上杂草丛生,不见一棵树,咋起名"树山"呢?村里有几座厂房,高大的烟囱冒着滚滚黑雾,将天空弄得灰蒙蒙的,一塌糊涂。见到了那条小河,果然没有一滴水,是一条干河沟,河底布满了大小不一的鹅卵石,偶尔冒出一两蓬叫不上名字的草来,与一些红色的白色的黑色的塑料袋缠绵着。我黯然了。

"那不是你爷爷他们?"爸爸的眼睛亮了一下,惊喜地指着在干河道里围着的一堆老爷爷们说。

我颠颠地跑了过去,发现老爷爷们在"钓鱼"——和我在城里公园门口玩的道具一模一样。

老人与天鹅

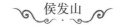

侯发山

　　这是一处远离村庄的湿地。这里有成片的水洼或者说是水塘,有各种茂密的树木、灌木丛……在一个避风向阳处,还有两间低矮的草房子,那是老人的家。老人在这儿有些年头了。老人为什么不在村庄里居住,却隐居在这个荒无人烟的地方? 没有人知道。老人并不懒散,秉承了乡下人勤劳的性格。他开垦了几块面积不大的荒地,种些庄稼和蔬菜,说不上丰衣足食,倒也自给自足。闲下来的时候,老人就坐在水边钓鱼,每次只钓一条,也不多钓。老人也不是天天去钓,有时就背把镢头在湿地四处蹓跶,看到空白地带就随手移栽上一棵小树苗,日子说不出的自在和悠闲。

　　有一天,老人又去了水塘边。他坐在水边手握鱼竿,好长时间保持一种姿势一动不动,像一尊雕塑。待到浮子晃动了,老人才迅疾地甩一下鱼竿,看到有鱼在钩上摇头晃脑,老人多皱的脸上才浮出笑容。可是,老人发现钓上来的是小鱼,他去掉鱼钩,准备把小鱼放回水里,老人向来不钓小鱼。忽然,老人不经意地瞥见水边不远处有两只白天鹅! 老人好半天才回过神来。他在这里多年,还没有谁来拜访过他,天鹅也是初次来到。老人这才注意到周围树木的叶子都枯黄了,好像一幅斑斓的锦屏。原来是秋天到了,天鹅是从北方飞来,路过他这里歇歇脚,要到南方去过冬的。

　　两只天鹅异常可爱,玉羽,金蹼,红喙,长长的头颈,丰满的身体,像披着

白衣的仙女。老人十分激动，他小心翼翼地把手里的小鱼抛给天鹅。两只天鹅惊叫着一先一后飞了起来，看到老人并无恶意，又舒缓地落了下来。其中一只飞快地叼起小鱼，送给了另一只天鹅……老人明白了，这两只天鹅一只公的一只母的，是一对夫妻。老人又接连钓了两条鱼，都抛给了天鹅。待老人回到草屋，他发现天鹅也尾随着来了，但它们没有进屋，而是在屋外边徘徊。老人就抓了几把玉米粒丢到外边，两只天鹅叽叽喳喳地叫着，似乎在向老人表示着谢意。

第二天早晨，老人推开门，就看到了屋外悠闲散步的天鹅，它们居然没有飞走。老人十分高兴，又抓了半盆子玉米粒放在外面。待老人离去，两只天鹅就急不可耐地扑过去，津津有味地啄起来。

一天，两天，半个月过去了。两只天鹅没有继续往南飞，而是在湿地安居乐业了。它们与老人已经很熟悉了。老人也因有了天鹅变得开心起来，没事儿的时候，就对着围绕在身边的天鹅说话，好像它们是自己的儿孙。老人出门，它们就并排靠近着老人，昂首前进，不时呼叫着，用洁白的颈项亲昵地摩挲着老人的身体。老人钓鱼的时候，它们就在水里自在地游戈，嬉戏着，聒噪着，构成一片热闹的喧声。晚上，它们就栖息在老人门口的草垛里。

当第一场雪降临的时候，天鹅还没有飞走，它们好像舍不得走，老人也不巴望它们走。老人怕冻坏它们，在屋子里给它们收拾了一个舒服的窝。

来年春天，两只天鹅有了后代，变成四只天鹅了。湿地有了天鹅，热闹起来。老人担心收获的粮食不够自己和天鹅吃，就又开垦了不少荒地。老人把草屋加固了又加固，唯恐委屈了天鹅。老人觉得日子五光十色起来，生活有了奔头。

就这样，天鹅与老人相依为命，朝夕不离。每年的冬天，天鹅就住在老人的草屋里。

也不知过了多少年，老人被他的一个远房亲戚接走了。这一年的冬天，天鹅们也消失了，它们没有飞向南方，而是饥寒交加死在了老人的草屋门口。

城市里的树

崔　立

　　小学三年级那年,我搬了个新家。我们来到了城市,城市与我们乡下完全不同,乡下有无数的树木、花朵,还有麦子、稻子。来到了陌生的城市,我忽然就感到了一种孤单,还有无所适从。

　　一个星期天,我做完作业,百无聊赖地在马路上走着。然后我就发现了一棵参天大树,站在树下往上看,能看到密密匝匝的枝桠,笼罩在我的眼前。树离我的新家不是很远,走个十几分钟就到了。我很好奇地看着这棵树,想象着它到底长了多少年,又到底有多高。

　　在那里,我看到了许多其他的孩子,差不多是和我一般大的年纪,一个个争先恐后地往这树上爬,边爬边在相互取笑逗弄着。我看到有一个孩子爬到了很高很高的位置,这很了不起。在乡下时,我也爬过树,但我没有爬得太高。因为有一次,我爬得很高时,被父亲发现了,那真是好一顿打啊,火辣辣地让我足足疼了一星期。

　　有一个男孩子看见了我,问我叫什么,我说叫张非。男孩子说,他叫刘睿。男孩子还把其他几个伙伴介绍给了我。

　　刘睿说:"以前好像没见过你啊?"

　　我说:"是的,我是新搬来的。"

　　刘睿又说:"你会爬树吗?"

我说:"会,以前我也爬过。"

刘睿说:"那我们比赛吧,看谁爬得最高。"

尽管有些胆怯,我还是爬了。爬得不高,刚过两个树权的位置,我就停了下来,不敢再往上爬了。

以后的每个星期天,我们都不约而同地来到那棵大树下。大树下还有一大片草坪,爬累的时候,我们就会下来坐一会儿。开始几次,我都爬得不高,一是怕挨打,二也是真怕,怕爬太高,我再望树下,会不由自主地犯晕。而刘睿的胆子很大,好多次都是一马当先,第一个上树,爬得也最快,滋滋溜溜像个灵巧的猴子一般往上爬。而我们只能跟在后面,紧随着往上爬。

树的最高的位置,刘睿还是没爬到。要爬上去,需匍匐爬过一段光溜溜的树干,这个难度相当大。刘睿试了几次,都没能成功。其他人也都试过,也是不敢,毕竟太高了,而且,也需要持续性的体力。

刘睿很认真地说:"谁能爬到最高的位置,我们就拜他做老大,可好?"

我们都说好,但还是没人能爬上。

爬树的好处,是让我在城市里找到了这么一块可供玩耍的地方,还有一个,就是让我结识了那几个朋友,好朋友。

那个上午,真的如同噩梦一般。

我们几个人还在树下的草坪上坐着玩耍的时候,突然像是发生地震一样,整个大地莫名地抖动了起来。然后,我们看到了一辆巨大的吊车,正轰隆隆地朝我们这边驶来。随着吊车一起走来的,还有一群戴着安全帽身穿工作服的男人。

一个像是领头的男人喊了一声:"几个小孩,赶紧走开!"

刘睿胆子还挺大,说:"你们要干吗?"

男人说:"我们要砍树,你们快走吧,别妨碍我们干活儿。"

我们一愣,说:"砍树? 这树这么好,怎么可以砍呢,我们不走!"

男人冷笑着,看我们一动未动,就想指挥几个工人把我们带走。几乎是不约而同的,我们几个伙伴猛地就爬上了树,刘睿还是在前面,我紧随在后,我们一个接一个地奋力往上爬。

男人显然是被我们的行为吓住了，忙喊身边的工人："赶紧把他们拽下来。"

几个工人应声上了树，把爬在后面的几个伙伴给拉了下去。

只剩下刘睿和我还在往上爬了。

那几个工人似乎也挺能爬的。

眼瞅着我们已到了树的第二高的位置，还是不保险。刘睿咬着牙想往最高处爬，没爬上。

不知是从哪来的勇气，我说："我试试吧。"

也不等刘睿回答，我匍匐着上了树干，眼睛不由自主地看到了树下，有些犯晕。我摇摇头，让自己不看下面，用尽全力地往上爬。

终于，我成功了，我虚脱般站在了树的最高位置。我看到刘睿被工人带了下去，几个工人试着想再往上，但没成功。我像个骄傲的将军站在那里，得意地看着他们。

最终，他们还是用吊车，把一个工人吊了上来，然后把我给带了下去。我满心沮丧，愤愤地想，为什么树就不能长得更高一些呢。

刘睿他们向我竖起了大拇指，这是尊我为老大的标志。但我的心头并不高兴，反而愈加沉重。

再一次去时，那里已经被厚厚的围墙给圈起来了。站在围墙外，我能听到里面一阵阵机器的轰鸣声，不断敲击着我的心田。

没有了大树，我再没见到刘睿他们。无聊时，我总是站在新家封闭的阳台前，一栋栋高耸如云的高楼早就阻隔了向外眺望的视线……

最后的麦收

徐国平

芒种都过去六七天了,村里一丝麦收的动静也没有。

若在以往,面爷早就按捺不住,不知往麦地瞧了多少趟。

这些天,面爷心里一直憋气。他那片麦子收割后,就要被开发商收回了。也就是说,这是最后一次麦收了。

其实,去年村里就没人再种麦子。村里仅剩的几百亩麦地都被开发商买下,村里人拿到一大笔补偿款,个个乐滋滋地就等着住楼房。

面爷自那时就阴沉个脸,脾气越发火暴,逢人就骂:"早晚饿死这鬼儿子!"

开发商不是别人,是面爷的儿子满囤。

满囤鬼点子多,下学后不愿在地里淌汗出力,不知被面爷骂过多少回懒汉。这些年经济吃香,县城四周纷纷建起了各种开发区。满囤如鱼得水,领着一帮人,东拆西建,很快成了财大气粗的开发商。

满囤人前牛气,可整整一年,面爷没给他一个好脸色。

面爷惜地如命。或许自小饿怕了,对每粒粮食显得格外珍惜。孩子们吃饭哪怕丢地上一丁点饭粒,他都要捡起来放到嘴里,津津有味地咂吧着。接着忆苦思甜一番——旧社会家里没地,自己吃不饱肚子,跟大人四处讨饭。六零年,有地又不好好种,都大炼钢铁,饿死了不少人。

面爷一下子没了地,就跟鱼离了水一般。当时,他不顾父子情分,带头反对卖地。

满囤劝导他:"种了一辈子地还没累够,现在有钱啥买不来?"

面爷一听,气得胡子直翘,点着满囤的脑门,破口大骂:"放屁!都不种地,人吃啥,西北风能撑饱肚子?"

满囤只好采取迂回战术,用优厚条件设法打通了其他人,就剩下面爷拒不答应。面爷蹲在地头,绝了一天一夜的食,满囤跟村里的干部硬是劝不动。面爷放言:"只要我活着一天,休想动我的地!"

最后,满囤无奈,由着面爷在地里种一茬麦子。期限一年,别影响动工盖楼。

过午,满囤打来电话,说他联系收割机。

面爷气呼呼地说:"甭碰我的麦子!"

面爷咣当扣了电话,独自拎着一把早就磨快的镰刀,闷声不响地走出家门。

那些在树荫里下棋或闲聊的老头,都戏谑地打着招呼:"面爷,又下地啊?"

面爷头也不抬,懒得搭理。

麦地并不远,靠大路就那么一片,四面都是蒿草,有半人多高。几百亩地荒废着,仅竖起几个大广告牌。面爷瞧着就心痛:"这简直是糟蹋,伤天理啊!"

一阵微风拂来,一股淡淡的麦香痒痒地悬浮在空中,面爷忍不住打了个喷嚏。

随后,蹲在地头,伸长了脖子,面对齐刷刷的麦穗儿,鼻子使劲地吸溜。

"爷爷,您在干什么呢?"这时,几个上学路过的孩子,停下脚步好奇地围过来。

"没闻到麦子的香味吗?"面爷抬起头,好像还没从麦香中回味过来。

孩子们一听,又问:"麦香是什么味儿呀?"

面爷从红线腰带上解下皮烟荷包儿,卷了一卷旱烟,点燃后,深深地吸了一口,慢悠悠地说:"麦香比啥味都香,你们闻到了吗?"

孩子们迷惑不解地望着面爷,个个低下头闻着沉甸甸的麦穗。

"白面馍好吃吗?"面爷望着天真的孩子,突然想起自己儿时大人的一句老话。

"不好吃,不如方便面和蛋糕好吃!"一个孩子小嘴快得像爆料豆。

"不,还是沙琪玛和薯条好吃!"另一个孩子直言反击。

"天上会掉下这些东西吗?"面爷苦笑着问。

"当然不会,可爸爸妈妈会花钱买!"孩子们回答得十分干脆。

面爷噎住了,剧烈地咳嗽起来。孩子们纷纷雀跃着散去。他老眼昏花地望着,许久才摇了摇头,叹了口气。

旱烟燃尽,烫痛了面爷的手。他回过魂来,猛地挥起那柄镰刀,弓身麦田,扯开有些凄怆的嗓门,吼了声:"开镰了——"

割了约半垄麦子,面爷就通身淌汗,气喘吁吁,腰跟腿也木得蜷不了弯。面爷骂了句:"操蛋。"心里憋足火,跟自己较起劲儿。又割了几步,突然眼前发黑,身子一歪,整个人就像被风吹倒的麦捆子……

微风拂过,麦浪起伏。

黄昏时分,满囤才截下了一辆过路的收割机。可人家一听仅割几亩麦子,摇头不干。满囤掏出几张大票,扬起一挥:"咋,我出高价还不成? 告诉你,割麦是哄老爷子开心。"

收割机开进地头,只见割倒的半垄麦子,没见面爷人影。满囤想,准是面爷一人割累了,回家歇息去了。这样也好,偷偷把麦子割了,省得守在跟前又吵又闹。满囤二话没说,手一挥,收割机就加大马力突突割起麦子。

突然,割了不一会儿,收割机就熄火停下,随后有人尖叫:"麦地里有人!"

满囤慌忙跑去,见面爷一脸安详地躺在麦地里,一手握镰,一手握麦。

"爹——"满囤双膝跪地,使劲晃着面爷。

此刻,夕阳已将那片麦地映染得一片橘黄。一只失群的布谷鸟,像是找不到自己的窝了,在四周的蒿草中,凄厉地叫着:"割谷,割谷……"

鸟伴儿

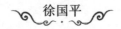
徐国平

那些鸟巢形状各异,一个个筑在小院里,或在屋檐下,或在树梢头。

鸟儿飞起飞落,叽叽喳喳,给邢老七静寂的小院,增添了许多生机。

自然也高兴了邢老七。

邢老七的房子,远远地待在山半腰。单单的一户,据守一方。从远处看,三间土坯房,像一只大鸟,飞累了落在山坡,做短暂的栖居。可这一落,就匍匐了六十年,直到他成了一个鬓发斑白的老人。

单单这一户,也只剩下邢老七孤身一人了。

前几年,乡里组织那些零散各处的住户,都归并到山下的新村。单单邢老七舍不得,说自己都住了大半辈子,习惯了这里一草一木,就是死也得把老骨头埋在这儿。村领导拿他没法子,只好给个借口,说留个人看山吧。

其实,山还有啥可看。满山的大树早就被人伐没了,光秃秃地裸露着岩石,丑陋不堪。邢老七每每瞧着,就跟自己头上长疮一般难受。

想当初,人们个个跟疯了一样,只顾到手的一张张钞票,乱砍滥伐。如今,山秃了,啥也没了。人们这才死心塌地另谋生路,跑到各地打工去了。

邢老七的儿女也一样,个个就像硬了翅膀的鸟,没几年光景,呼啦啦全飞到山外去了。

儿女们很能干,在城里纷纷安了家,起初,都想让邢老七一块跟着去。

可他对谁也不应口，自个心里清楚，现在不比以前，那时还能当驴做马，现今老胳膊老腿，到了哪儿都是个累赘，三天两日还行，就怕靠在一块久了，儿女们不待见。

其实，一个人自由惯了，除了开荒种菜和上山栽树外，就是跟院里那些鸟儿逗趣。想干啥干啥，多开心啊！

大山秃了后，那些少得可怜的鸟儿，没处栖宿，都把窝筑在邢老七的小院里。

院子里有一棵山梧桐，他一个人都搂不过来。他想百年之后，自己留个棺木。可惜，去年春上，上级政府禁止土葬了。棺木是用不上了，邢老七也没怨叹，心说，由着时代吧，反正一死百了，咋还不是一坏黄土。

那棵山梧桐不仅枝叶茂密，还招来了好些鸟，枝枝杈杈都挂满了鸟巢。

自从有了那些鸟儿，邢老七的心情好了许多。一潭死水的生活，悄然被激起了一朵开心的浪花。

先是鸟儿在窝里孵下小鸟。鸟儿天天满山打食，飞回窝里喂雏鸟，雏鸟个个张大口的样子，每每使邢老七眼前晃过那些儿时嗷嗷喊饿的子女。后来，雏鸟一个个飞走了，鸟儿变老了，飞不动了，就待在窝里。那些长大的雏鸟，开始叼来食物，反哺老鸟。他目不转睛地望着，心里羡慕不已。

这真是些有灵性的东西啊。

久而久之，他跟鸟就产生了一种相依相伴的感情。

大雪封山，是鸟儿最难觅食的时候。邢老七总是把房前清扫出一块地方，撒满谷粒。然后，一个人憋在屋里，透过窗口，瞧着那些饥饿的鸟儿，一个个扑棱棱落下，吃得欢实。

也有因冻或病而落地的雏鸟，邢老七总是怜惜无比地捡起，放在屋内的火炕上，细细喂养，直到其羽毛丰满，展翅高飞。

平时，日子很简单就打发走了。只有过年的时候，邢老七才感到难过和痛心。儿女们走后，极少回来过年，总有各自的理由。尽管一个个都寄来钱，可这些都替代不了一样东西。

他不稀罕。骂过一阵,还自己过年。

当山下除夕的鞭炮声此起彼伏时,邢老七便在院子里,摆上一碗热腾腾的饺子。祭完山神,然后到老伴儿和祖辈的坟上,坐上一会儿。然后,一个人回家喝闷酒。

当东方渐白,山下的人们开始热热闹闹拜年的时候,邢老七闷闷不乐地迈出门槛。猝然,他惊呆了。他看到三间屋檐和三面院墙,还有那棵山梧桐上,落满了各种鸟儿,一溜排开,就像是等待他检阅,更像是在向他拜年。

一见邢老七,百鸟齐鸣,悠扬盈耳,比鞭炮声舒心百倍。他心一热,枯涸已久的眼角瞬间变得湿润起来。

他不再孤独,日子变得有声有色。

每年开春,是邢老七最忙的时节。儿女寄给他的钱,他都买成了树苗。邢老七总是没日没夜忙着栽树。好在,他栽下的那些树苗,都成活下来,尽管显得零零星星,参差不齐,可大的已有碗口粗了。荒秃的山坡,渐渐有了绿色。鸟儿也越来越多了。

那天一早,薄雾退去,山下的村人,远远发现了一种奇观。只见邢老七的房子上空,聚集了黑压压的鸟儿。一只只上下盘旋,啼鸣不止,声声似泣。

几人好奇,爬上山坡。但见院门半掩,邢老七仰躺在地上,面色惨白。围在身边之鸟,竟悲鸣啼血。人们慌忙将其抬下山,送至医院急救。

很快,邢老七的儿女接到村委打来的电话,一个个奔丧一样匆匆赶回来了。邢老七的命大,只是摸了一下阎王爷的鼻子,又晃晃悠悠活过来了。

好在这回总算身边儿女齐全。邢老七眼瞅着,叹了一口长气,只说了一句话:"你们啊,一个个连只鸟都不如。"

儿女们面面相觑,半天竟没猜出这话的意思。

打 鸟

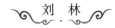
刘 林

那年,一位相识多年的朋友邀我去桂北偏僻山区采风。在城里待得太久了,我也想出去活动一下筋骨,就爽快地应约了。临行前,朋友嘱咐我,那些山区的人不比城里人,不仅生活方式原始落后,脑子也是原始的。我郑重地点了点头,入乡随俗嘛,表示自己做好了让一切回到原始状态的思想准备。

真正深入山里之后,我才发现自己入了乡却一时随不了俗。

这天夜里,我们一身夜行装束,各提着一支鸟铳跟随山民们去山上打鸟。

朋友像中了头彩,连说来得正是时候才赶上了这样打鸟的好机会。我却一点儿提不起精神,蔫里吧唧的。

山民们有百十号人,有男有女,每个人都拿着鸟铳,听一个叫山根的老人发号施令。这支打鸟的队伍像是训练有素久经沙场,谁排在谁的后面好像约定好似的,他们整齐划一,穿着自制的布鞋,上起山来悄无声息。

山村的夜纯净而空明,在朦胧的光影中,四周是影影绰绰的夜色。

朋友事前悄悄地对我说,山民们打鸟有很多忌讳的,还是那句话,入乡随俗嘛。

入乡随俗,我像山民们一样一言不发。我一边对付着脚下的山路,一边

偷望前前后后的人。山民默然无声,看不清他们的表情。虽混杂在打鸟的队伍里,但我感到自己是一个真正的外人,怎么也融不进这支队伍里,心上一时竟生出些许陌生与隔阂。

每年的冬至前后,北归的候鸟都会成群结队打这片山区经过。万圣峰海拔一千八百多米。那些从北方迁徙来的候鸟,在经过万水千山艰辛的长途跋涉后,闯过万圣峰就开始进入温暖的南方。打鸟的队伍就潜伏在万圣峰下的一处高坡上。

夜黑风高,当一大群黑压压的鸟闯过了万圣山,飞过我们头顶时,山根老人便对着深不可测的夜空猛地举起了鸟铳,刹那间百十号黑压压的枪口一起举向天空,一起放响了手中的鸟铳。

"轰——轰——"

百十号鸟铳发出震天动地的声响。

那些鸟在高空中陡地发出凄厉的叫声,紧接着不少鸟如黑点般从天空笔直地坠落下来,一直坠落在我们面前。有的鸟在空中挣扎着飞了几下才在不远处坠落下来。还有一些鸟惊慌失措地逃走了,一路哀鸣着没入了遥远的夜空。此时的黑夜仿佛成了这些鸟的坟墓,也是它们逃难的最好掩体。

鸟群过后,山民一个个埋头拾鸟。

我拾起一只又一只,发现落在地上的鸟早已没了气息,但身子还是温热的。

我琢磨着,那百十只鸟铳一齐举向黑暗的夜空,放出震天撼地的声音,显然那些高空中飞行的鸟并未被这些简陋的鸟铳击中,可这些并未被鸟铳击中的鸟,怎么会在高空中突然死去呢?

我捧着一只鸟的身体,突然明白是怎么回事时,我简直惊呆了。这只鸟与其说是被鸟铳声杀死的,不如说是被自己吓死的。泪水在我的脸上凝成了霜,冬夜里刺骨的寒意正一点点地侵袭着我的身子。鸟最终死于自己之手,而人呢? 鸟的死亡,又何尝不是一场人的葬礼。

这真是一种残酷无比的死亡方式,也是一种最窝囊的死亡方式。一只只鸟在长途跋涉中躲过了无数猎人枪口的算计,在历尽艰辛成功地到达南方后,却被山民们用一支简陋的鸟铳给杀死了。

…………

经历了那次打鸟事件后,朋友逢人便津津有味地展示那次打鸟的经历。后来,我同他日渐疏远,也许陌生和隔阂正是那一夜在两人心中潜生的。

多年后我还一直在想,那一只只经验丰富的鸟儿,在迁徙的路途上,不知躲闪过多少猎人的枪口,但最终还是没能逃脱掉人的算计。

那个打鸟的冬夜常让我不寒而栗。不过,我要告诉你,那些山民们真的很善良很纯朴,他们是我见过的最善良纯朴的山民。

猎

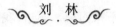
刘 林

　　这只鸟就在打鸟人的枪口瞄准它搂动扳机时，从一棵树飞到了另一棵树上。这只鸟每次把逃生的时机都把握得恰到好处，枪子儿几乎是擦着它的身子飞过去的。

　　这才叫临危不惧。

　　打鸟人想起自己跟王小淖的事，处处被动，处处挨打，哪有这只鸟的半点风度。

　　打鸟人实在捉摸不透这只鸟！这只鸟没有被一次次的枪声吓倒，没有从他的枪口下逃之夭夭。这只鸟一次次放弃了逃生的机会，也一次次赢得了生命。

　　他还是第一次遇到这样一只谜一般的鸟。

　　这只鸟高傲地站在树上，总用一双冷峻的黑褐色眼睛扫视着他。

　　打鸟人被这只鸟激怒了，这只鸟居然一点不拿他当回事，给了他侮辱与嘲弄。打鸟人眼前晃动着下属们那一张张谦恭卑怯的面孔。

　　在单位，下属们不是叫他"一号"就是喊"头儿"。打鸟人咧开嘴笑了一下。

　　妈的，不能让一只鸟给扫了威风。我要用枪口征服它。

　　这只鸟飞到另一棵树上，这回打鸟人并未举起枪，他冷眼打量着这只鸟,这鸟和平常的鸟没什么两样。打鸟人突然举起枪,胡乱地放了一枪。树叶纷纷扬扬地落下来。打鸟人以为这只鸟会飞走,没想到这只鸟泰然自若地伫立着。

打鸟人愣了一下,他不知道鸟是他的猎物,还是他成了鸟的猎物?这跟他目前的处境非常契合。当年他与王小淖不期而遇,她的美丽让他的心动了又动,他向她发动了猛烈攻势,她最终成了他囊中的猎物。现在,她向他下了最后通牒,限他在三个月内离婚,跟她结婚,否则她将让他和她的关系大白于天下。

现在他反过来成了王小淖的猎物。

打鸟人又举起了枪,这回他的枪口瞄准了这只鸟,却引而不发。他一定要主宰这只鸟的命运。打鸟人的手搭在扳机上,他可以随时扣动扳机,也可以永远不扣动扳机。打鸟人让这只鸟捉摸不定,从他这里找不到何时开枪的答案。

打鸟人在琢磨着这只鸟。一旦这只鸟放松了警戒,子弹就会准确无误地射向它。

这只鸟也在琢磨着他。

现在他和王小淖在一起,他要处处提防着她,她也在提防着他。他发现她并不像他当初想得那样简单,她是个很有心计的女人,她的心机还藏得很深。她已让他身不由己地落进陷阱里。

打鸟人猛地扣动了扳机,没有给这只鸟一丝一毫逃生的机会。没想到这只鸟还是在枪响的同时飞走了,飞到了前方的一棵树上。

打鸟人有些失望,他不知道这只鸟是如何做到未卜先知的,总能在他扣动扳机的一刹那逃生。

这只鸟看着打鸟人,眼神里透着冷峻和不可侵犯。打鸟人与这只鸟的眼神相遇时突然打了个寒战。打鸟人突然明白了,这只鸟利用他的弱点战胜了他。王小淖也利用了他的弱点,他和她的关系不仅见不得阳光,还有他那些受贿的事,她也了如指掌。这些都是他的致命弱点,一个人的致命弱点

一旦掌控在别人手中，那他注定只能成为别人手中的棋子。

对这只鸟来说，打鸟人的一双眼睛就是它眼中的致命弱点。在打鸟人将要扣动扳机之际，这只鸟就先从打鸟人的眼睛里洞察到了，所以总能在枪响之际镇定自若地飞走。

打鸟人对这只鸟有了莫名的畏惧，这只鸟不仅洞察了他的灵魂、欲望，还似乎洞悉了他的一切……

就像王小淖，她在他心中留下的更多的是畏惧。

打鸟人的枪口又瞄准了这只鸟。他不会轻易放弃这只鸟。他出生于警察之家，打小对枪着迷，后来当了一段时间警察，练就了百发百中的好枪法。这几年他常到山林里打鸟，他想打下哪只鸟，哪只鸟就不会再有第二次生命。

但眼前的这只鸟是个例外。

打鸟人的枪口瞄准了这只鸟后，他索性闭上了眼睛，然后又猛地扣动了扳机。他如释重负地吁了口气——这只鸟这回一准儿丧命。打鸟人睁开眼时，这只鸟正站在前方的另一棵树上。

这只鸟正看着他。冷峻的眼神让打鸟人不寒而栗。打鸟人重重地叹了口气，他心底的欲望太重了，这只鸟洞若观火，从容自如地应付他，甚至操纵他。

打鸟人有些丧气，无奈地看了这只鸟一眼，打算放弃，远离这只猎物。这只鸟仿佛在制造一个陷阱，他得尽快离开这是非之地。

打鸟人转过身，往树林的另一个出口走去。

王小淖绝不会放弃他这个到手的猎物，他得尽快找到她的致命弱点，才能反败为胜。

打鸟人的目光突然触到了眼前一棵树上的一处鸟巢。打鸟人心中一动，他突然明白了这只鸟的致命弱点在哪里。

打鸟人回转身，快速返回原处。打鸟人在第一次与这只鸟相遇的那棵树上找到了一个鸟巢。

这个鸟巢就是这只鸟的致命弱点。

打鸟人眯着眼睛,枪口瞄准了鸟巢。

这只鸟突然出现在打鸟人的视线里,它凄凉地叫着,哀伤地扫视着打鸟人。

打鸟人慢慢地将枪口对准了这只鸟,他猛地扣动了扳机。

这只鸟凄厉地叫了几声,身子从高高的树上坠落下来。

打鸟人听见鸟巢里传来几只小鸟此起彼伏的回应声。

打鸟人走过去,双手捧起地上的鸟。这只鸟用哀伤的眼神看着他,然后紧紧闭上那双黑褐色冷峻的眼睛。

打鸟人没有丝毫的喜悦,觉得自己变成了这只鸟的猎物。

蛇

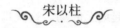

宋以柱

到了秋天,还是初秋,苏然家里出现了一条蛇。

那天,苏然从地里回家,放下扁担、铁锹,就觉得院子里多了点什么,四下里看。媳妇儿勤快,院子收拾得干净利索,常用的家什,固定的,经常挪动的,都有位置。苏然不费力地发现了那条蛇。蛇很粗,蜷在北屋墙根晒太阳,盘成蚊香的样子,瞪着眼,青皮,平头顶,肉鼓鼓的。苏然怕这东西,对那种黏糊糊的感觉起腻。

苏然没有伤害它。苏然心善,在地里干活儿,见到蛇、青蛙、蜥蜴等,都不动它们,任其不紧不慢地跑掉。活得好好的,干吗要伤它呢。蚂蚱例外,这家伙吃庄稼。边干活儿边随手提住,穿成一串,拎回家去,炸得焦黄,油汪汪的,喝上二两地瓜干子酒。

看了一会儿,他进屋告诉媳妇儿、儿子,墙根有一条大蛇,别惹它,或许有毒,也别伤它。媳妇儿当即抖成一团,儿子欢叫一声,开门出去,看了一眼,跑回来兴奋得一跳多高。

一时相安无事。

只有媳妇儿有些神经质,去南屋里挖喂猪用的麸子、地瓜面,用木棍挑开盖子,远远地看看,手伸下去也是犹豫、哆嗦,生怕里面伸出一个白花花的蛇脑袋。到院子里喂鸡、喂鸭,到猪圈里喂猪,也是东张西望,看了地面,看墙角,又看看树上、墙上,确信蛇没出来,才去做该做的事。那样子不像操持家务,像偷东西。

蛇隔三岔五地出现,不知从哪个墙角或者屋檐上出来,只是蜷在那儿睡觉,哪儿也不去,像一个听话的孩子。

媳妇儿有两次央求苏然把蛇赶走:"咱不伤它,让它离开就行。"

并且,她要去买黄表纸、香火,焚香祷告让蛇自己走。

苏然给拦住了:"让它在这儿吧,它又没有固定的去处,来来往往的,别招惹它就行。蛇在这儿,老鼠就没了。"

果然没有老鼠出现,晚上就少了老鼠打架的惨叫,啃门框磨牙的"咯吱"声,也没了。

儿子放下书包,就到处找蛇:"蛇呢? 蛇呢?"

像老朋友一样。

有一两次,媳妇儿看到儿子蹲在地上,和蛇面对面地对视,吓得差点尿裤子。

儿子却不怕,小脸激动得通红,回头喊娘:"娘,娘,蛇吃什么?"

"吃鸡蛋。"

儿子跑回屋拿一个鸡蛋,咕噜一下滚到蛇嘴边。大概因儿子属蛇,所以见了蛇亲。那就养着吧。

苏然养了不少鸡,还养了两头猪,每年两头。现在农村人大都不养猪了,盖新房时虽盖了猪圈,但是不养猪,用作人拉撒的厕所,舒服,安全,少了猪急不可耐的哼哼。

苏然的一百多棵红富士果树,指望着这两头猪攒粪。如今的农村,种小麦、玉米,栽果树,全靠化肥,把地喂死了,土都板结了,刨不动,而且用的化肥一年比一年多,那土地像上了毒瘾一样,离了越用越多的化肥,不长庄稼。只有苏然,一直用农家肥。

每个月一次,把熟透的农家肥刨起来,从猪圈墙上的小洞撂出去,推到果园里,堆一堆儿,用稀泥封住,闷熟,备用。很辛苦,但是果树长得好,苹果

个儿大，圆润，光泽好，嘎嘣脆，卖钱又多。

两头猪长到三百斤左右，时间也到了农历的小年，该卖猪了。现在的人金贵，肉吃多了，也就有了讲究，专拣农村家养的吃，比如鸡，还有猪，都是这样，肉香，耐嚼，无激素，让人吃得放心，吃得舒坦。还有名分，一律叫笨鸡、笨猪。价格要高很多。单说那鸡，三斤左右一只，给你杀好、洗净、炖熟，端到桌上，吃得很香，很解馋。吃好了，剔着牙出来，打个饱嗝，结账的时候，单是那只鸡，要一百块出头。真是贵。但吃的人不少。

很精明的小商贩，看准了这个市场，走街串巷，挨个敲门，猪和鸡都要，贩卖到城里，挣钱很足。鸡贩子用摩托车，拿细绳绑在后座木架子上，头朝下，上面是一排鸡脚，中间是鸡翅，下面是一串鸡脑袋。猪贩子用三轮车，一次只收到三两头，也能挣到几百块。自己杀了卖肉，挣得更多。杀猪的多肥头大耳，红光满面，走路噔噔噔，有劲儿，嗓门儿大，很豪爽。价格是要争论，到最后，三十元五十元的钱，抽出来就给。皆大欢喜。

村里人对猪贩子很尊重。他们肯出价。他们的眼特贼，瞥一眼，就喊出大差不离的斤两，知道出多少精肉，多少肥膘，多少下水，猪皮能卖多少钱，几分钟时间，估摸出这头猪到手能挣到多少票子。都成精了。但是不到要卖的时候，不让猪贩子看。咋说？有毒。啥有毒？猪贩子那俩眼。让他看一眼，不要了，太瘦，不出肉。好吧，那猪三天内只叫唤，不吃食，一个劲儿地往下掉膘，吓的。

他们也收病猪、死猪。一头好好的猪，活蹦乱跳的，突然就病了，蔫头耷脑的，不吃不喝。兽医也找了，村里的、镇上的，灌药，拿筷子撬开猪嘴，往里灌；打针，那针管比擀面杖还粗。忙活几天，扔上几十元，还是吐着白沫死了。猪贩子就来了，围着转一圈，喊出一个价。女人就哭出声来。猪贩子咬牙跺脚地加上几十元，抬上车，走了。白辛苦一年。

快落树叶的时候，有一天，苏然从外面喝酒回来，碰到慌慌张张的媳妇儿："刚才有两个猪贩子来看猪，在猪圈里站了一会儿，嗷的一声跑出来，脸煞白，嘴唇哆嗦，说是有蛇，跑了。"

"谁让他们看的?"

"偷着进来的,我听到动静,他们已经在猪圈里了。"

苏然进猪圈,没见到蛇。地上一个干净纸包,打开,是白色粉末。拿到村卫生室找魏大夫。

魏大夫用手一捻,闻闻,说了一句话:"毒饵。慢性的,四五天就要命。"

苏然脑袋"嗡"的一下,撒丫子去找那两个猪贩子算账。

早跑了。

哑 巴

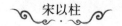

宋以柱

　　在北方的丘陵地带,槐树随处可见。笔直或者弯曲的干,蓬松的树冠,细碎的叶子。小村后面的山上,是一大片槐树林。从山脚一直到山顶,绵延数里。上小学时经常去那儿。槐树底下好乘凉,可惜的是,树底下多是及膝的茅草,石块都在草下,这种情况,很少有蝎子,蝎子通常都在通风较好的石块下。但是,偶尔会在一截腐烂的槐树干上,发现一簇簇的蘑菇,槐树菇,越嚼越有味道的那种香。通常我们都是在这儿凉快够了,才去别的山上逮蝎子。

　　那时,上山还有一件事情,打柴。但是你别想动北山上一根茅草。哑巴在那儿看林子,主要负责看这一片槐树林。哑巴"啊啊"的叫声,响彻山谷。比我们大点儿的孩子,给他吓得脸色苍白,到处跑,免不了逃过河去,很久不敢过河回家。

　　哑巴幼年丧父,其母矮丑就没再改嫁。哑巴的哑是娘胎里带来的,打小只会"啊啊",只会傻笑。小时候打架很凶,长大了干活儿很卖力气,经常见他推着一大车玉米或者麦子,在很陡的坡上,一个人慢慢地往上拱。待到超过他,回头看时,他总朝人笑一笑,脸上的肌肉累得变了形,嘴角不住地往下流唾液。朝人"啊啊"两声,意思是叫别人快走,天热。他的皮肤生来是黑的,胸膛上没有多少肌肉,像车上一把干枯了的麦子或者稻草。

现在想来,他更像一棵槐树,虽瘦,却铁一样硬。

他很喜欢孩子。见到孩子,就笑着凑上去,想碰碰孩子的手脚,但往往不能如愿。他"啊啊"的叫声,紫红的牙龈,乌黑的牙齿,把孩子吓得一个劲儿地往后躲,往往让石头磕了后脑勺,哭个没完。而且年轻的小媳妇儿也不愿意,以为他有坏心。若是给孩子的父亲看到,就会挨上一脚,或者是一顿怒骂。哑巴很不满,只能"啊啊"几声走开。

哑巴和老娘相依为命。老娘年纪大了,吃饭穿衣没法讲究,人就更显黑瘦。哑巴待人很热情,见到谁都打招呼,"啊啊"地和你说话,指指肩上的担子,告诉你高粱熟了。往远处指指沂河,那意思是河里有鱼;还停下沉重的步子,用下巴夹住扁担,两只手掌立起来,比画鱼的长短胖瘦。心善的点点头,笑一笑;不着调的脸一黑,喊一声"就你能"。哑巴也不在意,歉意地笑笑,吐口唾沫,正正担子,咯吱咯吱地往前走。

大伙儿堆在树荫下歇凉,都拿哑巴取乐。使绊子摔他,他不恼,"啊啊"笑着任大伙儿闹够。掰腕子,大伙儿挨个和他掰,输了,哑巴难为情地笑一笑,退到一边。有人脱他肥大的裤子,掏他的裤裆,他杀猪一样"啊啊"叫着,和人拼命。哑巴给村里很多人家干过活儿。叫哑巴干一天,不过管两顿饭。哑巴干活儿的狠劲儿让人担心他的瘦身子。主家蹲树荫下惬意地抽完一袋烟的工夫,二分地平平整整地刨好,往外冒新鲜气。

槐树长到胳膊粗细,能用了,砍回家去做锄把、锨把,结实有弹性,耐用手感好。山上的槐树就经常丢。没人肯去看山挣那几个工分。村支书找到哑巴家,指指后山,指指院子里的树,做几个砍树的动作。哑巴就明白了,"啊啊"地拍响胸脯,去了。垒两间青石板小屋,把老娘接去,把猪鸡猫狗都弄去,在沂河岸边的山脚下,安家了。

哑巴和老娘在那儿住了五年,山上的槐树成材了。一座山给槐树的葱茏遮住。哑巴"啊啊"的叫声在村里听得很清。

哑巴说死就死了。那一晚那么大的雪,那么大的风,哑巴上山干啥? 山腰上有人砍树,他怎么听到的? 顺河风那么大?

凶手是外村的,逮住了。是前村谁谁他小舅子,老来沂河电鱼,经常在哑巴那儿喝水、抽烟,那一晚,哑巴死前他们还一块抽烟呢。

哑巴的老娘说:"我睡着了,天太冷了,风又大,我不知道他又上山了。平日他老是在山上转。那晚那么大的雪,偷树的把他的头打烂了,淌下来的血冻住了,他靠着棵槐树,站着死了。"

村支书是哑巴的一个叔伯哥,跑上跑下地给哑巴办烈士,跑了几年,没办成,也没人再问了。

不知是谁,在哑巴的坟前栽了一棵槐树。现在去看,槐树还枝繁叶茂地立在那儿,哑巴就在树荫里。

观音豆腐

衣 袂

老鸹岭的顶峰叫观音山,不仅屹立着观音庙,还四季常青着观音树。

取嫩叶洗净兑进清水,用手揉搓成糊状,再用干净布滤渣;取草木灰适量,用井水调和均匀,过滤取灰水;将灰水倒进叶汁中,边倒边用筷子搅动,叶汁渐渐变稠凝固,压制成豆腐模样,被命名为观音豆腐。观音豆腐呈墨绿色,隐隐有些透明,入口滑腻松软,芳香清凉,有降温、败火、驱毒等药用价值。因为抵达观音山必须经过悬崖"一线天",不到迫不得已,老鸹岭的人们不会去朝拜观音庙,也不会问津观音树。

六月六那天,公鸡还没打鸣,七婶已经动身。花头巾蒙着的小竹篮里,藏着香蜡鞭炮。七婶要去观音庙拜祭,求观音娘娘保佑福生,再顺便摘些叶子给福生做豆腐。

福生是独子。响当当的七叔,在兵荒马乱的年月不甘被拉夫,逃跑时丢了性命,福生就变成了七婶的命根子。即便小心翼翼地养,福生依旧长得瘦骨嶙峋,近来更让人焦心,居然害上了龙王疮。赵老先儿说,那些红色的脓疱,如果首尾相连成龙,任天王老子也不能救治了。赵老先儿是行家,用毛笔蘸了墨水在福生腰上画蜈蚣和蝎子挡道,说再吃点药就可以痊愈。七婶不放心,决定上庙祭拜以示虔诚。

七婶先用艾蒿熏身,又用镰刀开路,还边走边用竹棍敲打草丛,攀岩石,

163

跨山涧,临到正午方才推开观音庙虚掩的木门。

光亮随之渗入,照出年久失修的凄凉,也闪现地上躺着的男人。

七婶吓得拔脚就往外跑。跑了几步,感觉不对劲,于是喊:"喂,庙里有人吗?"

不见回音,就回转身查看。试试鼻息,尚有呼吸。确定昏厥后,七婶方才大着胆子搜寻,从那人裸露的黑紫色肿腿上,找到了毒蛇咬伤的痕迹。七婶把那人挪到门口,让他背依着庙门坐着,免得毒气蔓延躯干,就近寻找草药。

山里人,常年跟昆虫野兽打交道,懂得偏方。七婶把草药嚼碎喂给那人,又把一些草药剁成黏稠的汁液敷在伤口上,然后推拿穴位。

不久,那人发出一声沉闷的呻吟,后来,竟然可以睁开眼睛。那人挣扎着想起身,却被七婶摁住。七婶说,被鸡冠蛇咬住腿的人不养息十天半个月,腿就残废了。

那人说自己有事。

破衣烂衫又操外地口音,七婶以为胡子拉碴的他是打猎的,就说是不是怕同伙着急?

那人说是。

七婶说:"一个爷们儿没腿可不行。你养着,我先帮你捎个口信。"

那人想了想,就说了地方。

得知那人没带猎枪也没带干粮,七婶这才记起自己的正经事,慌忙点燃香蜡鞭炮,祈祷完毕,留下自己没舍得啃的两根老黄瓜和一个野菜团子,嘱咐那人安心养伤,说明天再送草药和食物上来。然后上山找观音树,采摘了嫩叶,又送了口信,大半夜摸回家就忙着制作观音豆腐。

天刚放亮,七婶就上山了。那人喝过草药喝稀粥,尝过观音豆腐后,赞不绝口,听了它的来历,更是惊讶。

七婶说,很久以前,人间发生饥荒,难民无数,尸横遍野。观音不忍,用杨柳枝洒甘露于人间。甘露落到老鸹岭的顶上,长出了簇簇绿树。饥民摘叶取其汁加灰做成了"豆腐"，食用充饥，挨过了饥荒。当地人为了感恩，于是就有了"观音山""观音树""观音豆腐"。

那人说："大嫂救我性命，也如观音在世。"

七婶说："菩萨在上，小兄弟千万别胡言乱语。"

七婶还跑到观音像前跪下，声声祈祷，句句求福。

那人只是笑笑，不再吭声。

隔天再上山，已不见那人。七婶在附近没发现他的踪影，采些嫩叶就下山了。福生的龙王疮已经掉痂，生活却改变了模样。刘邓大军开始挺进大别山，接着新中国成立，七婶分到田地后，福生也有机会走进学堂。好日子，说来就来了。

多年以后，当年被救起的那个人成了一名将军。后来，将军故地重游时特意拜见恩人，谁知七婶早已去世。于是老将军就讲了七婶的故事，并点了地方名菜"观音豆腐"。

其时，"观音树"被当作珍稀树木保管了起来，人们捋不到它的嫩叶就用绿豆替代。老将军知道这些，可是老将军依旧吃得津津有味。

环保中国·自然生态美文馆

可可西里的狐狸

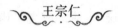

王宗仁

　　几栋素雅简朴的白房子,静静地坐落在可可西里荒原上,使这山野显得格外幽静、神秘。这就是索南达杰自然保护站。

　　索南达杰,这位为保护藏羚羊与盗猎分子真枪实弹搏斗时英勇献身的县委书记,成了世界屋脊上的一座丰碑。用他的名字命名的白房子是雪域高原新诞生的人文景观。

　　这些年来数以千计的志愿者从全国各地来到遥远的可可西里,捐款赠物,用真心和爱意建起了保护站。他们轮流驻守白房子,义务巡山,含辛茹苦地甘当藏羚羊的保护神。

　　国人关注的视线越来越多地被牵到了这几栋白房子。凡是穿越可可西里的游人,大都会停车走进保护站,瞻仰索南达杰的遗像遗物,聆听他的故事,体验志愿者的艰辛。

　　就在这时候,有一只狐狸成了保护站的常客。不知从哪一天开始,它打深山里走出来,站在离白房子百米远的坡梁上,笑容可掬地望着进进出出的志愿者。

　　真的,这是一只会笑的狐狸,而且笑得很生动。唯其生动,才迷惑人。

　　那个霞光四射的早晨,保护站的小杨最先发现了那只狐狸,他惊喜万分地喊了一声:"快来看啊,有客人到了!"

也许长期生活在内地的人,无法理解这些身居偏远地区的人那份孤独寂寞的心情。从日出到日落,他们难得见到个人影。现在听小杨喊客人到,自然喜形于色,都争先恐后地跑出来看稀客。

结果,他们失望了。哪里是什么客人,只有一只狐狸拖着尾巴在坡梁上散步。

灿烂的霞光给狐狸的身体镀上了一层熠熠彩光,使它美丽得楚楚动人。有人开始逗狐狸了,又是口哨又是手势。起初狐狸无动于衷,只是用敌意的目光瞅着人们。

次日,那只狐狸又来到了那个地方。当巡山归来的志愿者又向它逗乐时,它的目光消失了敌意,换上了和善的笑容。它笑时眼睛眯着,嘴张着,尾巴在轻轻地摆动。

"看,狐狸笑了!"几个年轻人高兴得简直要手舞足蹈了。

狐狸对着人笑,这绝对是个新鲜事,真的好新鲜!死气沉沉的可可西里缺少的就是新鲜。没有新鲜的食品,没有新鲜的草芽,没有新鲜的泉水,没有新鲜的笑容,现在志愿者找到了乐子——狐狸对着人笑。这一天他们好开心,几乎每个人都逗了那只狐狸。谁逗它,它就对谁笑。天黑了,夜色渐浓。坡梁上的狐狸回家了,奔波了一天的志愿者这才回到了白房子。这晚他们舒舒坦坦地睡觉,甜甜美美地做梦。

第二天巡山回来,志愿者又看到了那只狐狸,还在老地方。这回还没等人们逗它,它就主动地送来了笑。不但笑,还带着作揖的动作。太好玩了,狐狸的笑,换来了大家的笑。

此后,每当志愿者巡山回来,那只狐狸准会在老地方迎候他们。有些好心的队员还给它扔去一块剩肉,它也不客气,逮住就吃,边吃边笑。时间长了,一切都习以为常,但新鲜感依然还在。狐狸风雨不避天天来,大家天天看着它笑。人和狐狸互依互存,似乎双方难以分离。

这天上午,一辆汽车给保护站运来了足够吃半个月的食品:大米、白面、肉类、蔬菜……

让人痛心的事就发生在这一天。志愿者巡山回来时，发现屋里遭到抢劫，所有的肉——猪肉、羊肉、牛肉——全都不翼而飞，只留下满地骨头，狼藉一片。

门仍然上着锁，窗户大开……

大家如梦初醒，都不约而同地想到狐狸，那只会笑的狐狸。没错，是它，肯定是它！不过，不是一只，而是来了一群狐狸。

会笑的狐狸，狡猾的狐狸，奸诈的狐狸！

不去说狐狸了，那是它的本性，永远也改不了的本性。

小杨的话发人深思，因为他从狐狸说到了人："我们被它的笑捉弄了！从它第一次向我们笑时就怀了鬼胎。它之所以狡猾，之所以聪明，是因为我们糊涂。"

屋顶上的守望

吴克敬

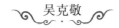

笨笨不笨。

笨笨原本也不叫笨笨,认识他的人,没有不说他机灵的,更进一步认识他的人,还要说他是英勇的……美丽宜人的向心如,是笨笨青梅竹马的女朋友,她嘴上不说,心里对他却充满了爱,认为他帅气干练、忠诚宽厚。在笨笨顺利地通过体检,顺利地通过政审,顺利地穿上武警的服装,就要离开他生活的小县城时,向心如把笨笨约到城外,在那条穿城而过的小河边走啊走。走到天黑了,一对心心相印的恋人站住了脚。他们相互听得见对方的心跳,向心如闭上了眼睛,她期待笨笨对她的热吻,可是没有,笨笨没有拥抱向心如,也没有热吻向心如。

笨笨说:"先欠着吧。"

向心如睁开了眼睛,她看着笨笨火一般的眼睛,乐了。

乐了的向心如说:"你就是个笨笨。"

记忆里有了"笨笨"这个亲昵的称呼,笨笨离开他的故乡,到了西安城郊的武警部队。他被分配到了警犬中队,成了一名驯犬队员。中队长把一只半岁的警犬牵给了笨笨,要笨笨给警犬起个名字,并说这只警犬就是他的了。笨笨想都没想,就给从此与他唇齿相依的警犬起了个"笨笨"的名字。

"笨笨……"身边与他一起分配来警犬中队的战友,被笨笨为他的警犬

起的名字惹笑了。

在此之前，战友们都从中队长的手里接过他们的警犬，他们为自己的警犬起的名字可是太雄壮了："虎子""豹子""天马"……什么名字勇猛就叫什么。笨笨给自己的警犬起了这么一个名字，战友们怎么能不笑呢？笑过了，在叫笨笨的警犬"笨笨"时，也把他叫了笨笨。当然了，笨笨也用战友们为他们警犬起的名字叫他们，虎子、豹子、天马……警犬中队的传统就是这样，人犬合一，自然而然。

笨笨爱着"笨笨"。因为爱，训练中就心有灵犀，笨笨训练"笨笨"什么科目，只要笨笨的指令一出，"笨笨"都能充分理解，并圆满地完成训练任务：钻火圈，爬云梯，跃障碍，搜寻毒品爆炸物。不到半年的时间，"笨笨"全都模范地训练成功了。

警犬中队设计了一场"状元百分百"的比武大赛。驯犬员牵着自己的警犬，整装列队，一个项目一个项目地比，名字雄壮的"虎子""豹子""天马"，偏偏不如一个"笨笨"，让"笨笨"无可争议地拔了头筹。笨笨高兴，把"笨笨"抱起来，在"笨笨"的眉眼和鼻子各亲了一口。"笨笨"回敬笨笨，伸长它的舌头，也在笨笨的眉眼和鼻尖上舔了一口。

就在这次状元比武大赛过后不久，渭河流域连日大雨，导致渭河下游的几条支流遭遇渭河洪流倒灌，相继决堤成灾，数十万百姓弃家舍业，在滔天的洪水中挣扎待援。为了人民群众的生命财产，笨笨所在的武警部队受命紧急奔赴洪灾地区营救受灾群众。

为了搜救工作顺利，也为了人民群众生命的安全，笨笨和"笨笨"，还有"虎子""豹子""天马"们也都随队到了受灾地区。那里有几条小支流，笨笨带着他的"笨笨"，去的是罗敷河支流。赶到那里时，只见一片汪洋，不见了往日喧嚣的村庄，露在水面上的，只是一处两处的屋顶和一簇两簇的树冠，远远望去，所有的屋顶和所有的树冠上，都有匆忙攀爬上去的灾民。

笨笨不需要动员，屋顶和树冠上求生的灾民就是号令，他和他的"笨笨"，还有一起来的战友，驾驶着冲锋舟，接近一个一个的屋顶、一簇一簇的树冠,把攀附在屋顶和树冠上的灾民接到冲锋舟上,送到安全的地方。笨笨他们是连夜赶到罗敷河,从早到黑,没歇一口气,甚至没顾上吃一口饭。

笨笨感到了饿,感到了累……然而这时的罗敷河,水天一色,黑得比涂了一层油漆还要暗。如笨笨一般饿、一般累的"笨笨",卧在笨笨的身边。卧了一阵子,却突然站了起来,朝着黑漆漆漫无边际的洪波叫了起来。敏感的"笨笨",发现了一个生命的存在。累饿到极限的笨笨没有迟疑,他和他的"笨笨"上了冲锋舟,在笨笨一路的狺狺声里,接近了暗夜中的一个屋顶,屋顶上有一个老妪,老妪怀里抱着一个幼童。笨笨把冲锋舟靠近那个屋顶,攀爬上去,抱起老妪和她怀里的幼童,放进冲锋舟。但就在此刻,笨笨脚下踩着的屋顶塌了一角,把笨笨闪进洪水里,笨笨此后就再也没有露头。

"笨笨"感到了不幸,它在冲锋舟上狂吠起来。那凄厉的叫声,在暗夜里传出很远,引来了增援的战友,接走了获救的老妪和幼童。同时还想接上"笨笨"走,但它拒绝了。就在冲锋舟离开屋顶的一瞬间,它纵身一跳,跃上了塌下一角的屋顶,任谁劝说都不下来。

"笨笨"守候在屋顶上,守候着人犬合一的笨笨,直到洪水全面退走。向心如从小县城来到警犬中队,祭奠她亲爱的笨笨。泪眼婆娑的向心如见不着亲爱的笨笨,就望着屋顶上守望笨笨的"笨笨",她伤心欲绝地叫了一声"笨笨"。

"笨笨"听到了向心如的叫声,但它没有动,雕塑一般依然守望在屋顶上。

小虫儿唱

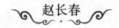
赵长春

辛运鸣是在他去世三十年后火起来的。火起来的是他的名字和他的音乐作品。

这是袁店河上下谁也没有想到的事情。约略对辛运鸣有印象的这样评价他：神经头、书呆子、八成、性不足。这类词语用于一个人身上，足见辛运鸣的形象了。

因为在小村，神经头、书呆子、八成、性不足是对不灵性、读书读愚了的人的称呼。辛运鸣在这一点上最明显的表现是：大家都急着向前割麦子，辛运鸣突然停下了，并要求别人也不要往前："听，云雀在前头麦棵里唱歌，高兴着哩！"

队长对这个高中落榜生滥施权力很恼火，一坷垃砸过去，前面麦棵子里就忽地钻出一对鸟，箭一样直射云天，一路飞鸣，眨眼成为小黑点："啥云雀？钻天吼！"

队长手一挥："割麦！"

辛运鸣沮丧了一天，割得很不起劲。

像辛运鸣这样的人物能处上对象，在小村人的眼里，也是不可思议的。可是文芝当年非要嫁给他。文芝说他读书多，会写诗，是个文化人，又不耽误劳动。可是不到半年，俩人离了。文芝说，书不能当粮食，诗不能换钱。

偷听过墙根的人说,运鸣喜欢文拽拽的话,钻被窝还要说几句酸词,外面的人都替他着急,失了兴致。

运鸣不急,依然故我。后来干脆在袁店河畔的竹林深处盖了一间房,竹枝烧饭,河水为茶,孤家寡人地过着。久了,人们都几乎把他忘了。

运鸣住到竹林里,为的是听鸟叫。竹林里多鸟,最多的是麻雀,还有喜鹊、老鸹、吃杯茶儿、楝呱油、叨木鸟。叨木鸟是袁店河土话,就是啄木鸟。啄木鸟喜欢在竹林边上的桐树或者榆树上,笃笃笃,像是敲梆子,尤其是半上午或半下午,人们多上地去了,静谧中多份灵醒。运鸣就坐在树下,听得很投入。

运鸣最喜欢听麻雀叫,喳喳喳喳一片,晨昏时分最浓,小村人都嫌聒噪,辛运鸣却说好听。早晨,麻雀们从竹林深处起床,呼朋引伴,牵儿挂女,在枝叶上蹦跳着,一朵一朵地乍飞,商量着一天的日子。黄昏,麻雀们成群结队地回来了,以红彤彤的夕阳为背景,一个又一个、一串又一串地落在沙滩上,黑压压的,小脑袋一点一点,小屁股一翘一翘,细脖子一伸一伸,走路一蹦一蹦,打着招呼喝水,在沙地上留下一个一个湿湿的"个"字。然后就突然轰的一声旋起,像一团烟雾,膨胀着,收缩着,乍东乍西,忽高忽低,猛地扎进竹林,鸣声骤起,轰然一片!

麻雀也有沉默的时候。下雨天,麻雀们一个个湿漉漉地缩头收膀,缀系在枝叶间,黑豆似的小眼睛透着亮,左一骨碌右一骨碌。雨声沙沙或唰唰,风走过,就多了呼呼哗哗。辛运鸣就在竹林间走动,随处撒些碎小米或者压坏的麦子。雨把他淋成了水母鸡,头发一绺一绺地贴在额上,唇头青白,看着比麻雀们还可怜。

麻雀们高兴的时候是晴天,尤其是黄昏,吃饱了喝足了,乍乍翅膀,一抖身子就飞到河边的电线上。小村通电后,还通了广播、电话。电杆上不仅有电线,还有电话线、广播线,五六根,高低上下。麻雀们很随意地落上去,叽叽喳喳地开会,有上有下,长长地延展过去,衬着蓝天,很好看。

辛运鸣听着麻雀们的叫,就开始画,依着电线的高低,依着麻雀们的站

位，一道线一道线，一只鸟一只鸟，画技不高，倒像是五线简谱。画好了，放在小屋墙上的一个大牛皮纸信封里。那个牛皮纸信封很难得，是他从村上小学校的校长那里讨来的。当时他喜欢那个信封上的邮票，是毛主席接见红卫兵的场景；要来后，又不舍得剪信封了，放着；现在，用来放他的"五线简谱"。

天天画，辛运鸣不烦。他说，麻雀们也有高兴的时候，也有不高兴的时候，晴天一个样，雨天一个样。一家子在一起的时候是一种唱法，几家子在一起的时候是另一种唱法。也有独身的麻雀，离婚的麻雀，喜怒哀乐都表现在电线的站位上。就是不唱，各自站各自的位置也表达着唱……运鸣这样说的时候，村人一头雾水，更有人说他神经头、八成。

辛运鸣一笑，只管画，风里雨里，还有大晌午头儿。画好，存起来。后来鸭河口水库发电了，架起了高压线塔，辛运鸣就自己立起几个木头杆子，牵上五六根铁丝，让麻雀们站在上面沉默、吵架、开会、歌唱……

后来，辛运鸣不见了，不知道上哪里去了。放羊的天德说他见辛运鸣最后一次像是要捞河水里落下的一只鸟儿，狠往水里探身子……牛牵着天德往林子里挣，再回头，辛运鸣就不见。也有人说，辛运鸣上省里找大音乐家们去了。说法不一，反正，辛运鸣在袁店河上消失了。

再后来，就是三十年后，小村的竹林子越来越小了，林子深处的那个破茅屋越来越招人眼儿了。人们说，拆了吧，时间久了怕藏野牲口。野牲口也是袁店河土话，指狼一类的野兽。就拆了，就发现了墙上的那个大牛皮信封。抖开，一张一张的，发黄，有点霉，几根线上高高低低爬着"蝌蚪"。辛运鸣的本家侄子眼前一亮："像俺闺女拉二胡时的谱页子！"

果然！辛运鸣本家侄子的闺女在省城大学学音乐，拉二胡。展开这些发黄发霉的纸，操弦，推、拉、按、揉，天！竟是美妙的旋律！

于是，就有教授们来袁店河了，说是寻找一个大音乐家！

辛运鸣是大音乐家，小村人张大了嘴巴！

辛运鸣的本家侄子没有把信封给他闺女，他说亏得没给，要不然这个傻丫头也给捐了,那信封上的邮票就值两头猪呢!

辛运鸣的本家侄子还说:"听听小虫儿叫,就能成音乐家的话,我给俺闺女扎的本钱太大了吧?!"

小虫儿,也是袁店河方言,麻雀。

四芽儿

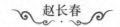

赵长春

人们对四芽儿的认可度或者信任度越来越低是近二十年来的事情。

人们是指袁店河上下的乡亲们。四芽儿是老中医杨四。

四芽儿很早就入过县志,当在乾隆年间。四芽儿能入县志是杨四的爷的爷的爷的爷的爷的功劳。那时候,四芽儿是一味中药。传承久了,袁店河上下的乡亲们就把祖传的杨氏中医的坐堂先儿(袁店河俗语,称医生为"先儿"),尊称为"四芽儿"。

现在,杨氏中医的坐堂先儿就是杨四,人们依然走老一辈子的称呼:四芽儿。杨四行四,"四芽儿"用袁店河的儿化音去读的话,又有"四爷"的味道。杨四听着很受用。

可是,人们对四芽儿的认可度或者信任度越来越低,特别是这些年来。

杨氏中医可谓祖传,专治跌打损伤。二三百年来,其闻名袁店河上下最关键的就是四芽儿,辅以大蒜汁、雄黄酒冲饮下,活血行血,补气理气,不用刀锯、不上夹板、不动筋脉,半月二十天即好,打破了"伤筋动骨一百天"的传统俗念。所以,南阳、信阳、老河口、武当山等地都有人来求药,甚至白马寺、黄塔寺的正骨传人也来袁店河拜过四芽儿。

四芽儿无非是黄豆芽、绿豆芽、黑豆芽、红豆芽根须及豆瓣齐全,芽叶儿刚抿开嘴,泛出浅青色最佳。将这四样芽儿黄绿黑红左右依次排在一溜儿的百年老瓦上，搁于阴凉通风处三日，置于向阳通风处三日，再用铁锅下燃松针焙干，碾末儿，和以松香成圆丸，如蚁；另选紫皮独头大蒜三，切之为片，晾一刻，石臼中捣烂取汁，滴入雄黄酒中——酒也有讲究，袁店河特产的小米"袁店黄"酿制的黄酒，雄黄入之，时间愈久愈佳——以此为冲剂，将"四芽儿"丸服下，隔三日一次，一次一丸，半月至多二十天，哪怕双腿摔断，亦能下床行走自理乃至正常生活，甚至可再打柴采药于罗汉山上！

当然，这是有些年头的事情了。现在，四芽儿的药效大不如前。

就有了各种传闻。最多的是杨四未能得到四芽儿真传。杨氏中医传男不传女，并且只传长房长孙，辈辈绵延。而到了杨四一代，没有传于杨老大，就是一件稀罕的事。对此，后来在省城做官而赋闲回乡的杨老大说，自己早早地参加共产党闹革命了，老二吸大烟，老三跑了汉口，传于老四是最正确的选择。

人们还是不信。因为杨四是二房的二子，行四。老杨四芽儿到底是舍不得将祖传的秘方真谛说与杨四的。所以，杨四到底不是人们心目中真正的"四芽儿"。

对此，杨四淡然一笑，依然坐杨氏中医正堂。那堂案实在久远，紫檀木被药香浸润出了油亮的原色，闻着欣然，执着舒然。杨四最喜欢的就是这种感觉。尤其是午后，浓茶一杯，悠然展坐太师椅上。阳光从牛皮亮窗上投下来，橘黄又温暖地覆了一身，一个小觉半个时辰，很是惬意。醒来，就是和老哥们儿高文兵聊天说地，言来语去，无非是以下内容：

"……该冷不冷该热不热。没有冬天了，夏天倒更像个夏天。河干了水少了喝着苦不溜丢的。看现在年轻人的德行，担当不了个啥事！山上没有好药了。都是化肥、农药喂出来的。肉不香了。啥都是吃药长大。黄豆、绿豆、黑豆、红豆都是化肥、农药催大的，能有啥药性？老时候天雨地风，自然孕育，有好药，怪病也少……"

说来说去，无非是以上内容。

有件事，杨四一直埋在心里不说。他知道高文兵最想问的或者套出来

的是"四芽儿"。杨四就是不说。杨四在心里告诫自己:"我就是不说!"

杨四在心里告诫自己就是不说的是四芽儿的来历:冬至到立春的数九天,将黄豆、绿豆、黑豆、红豆排入冬眠的癞蛤蟆口中,埋在袁店河畔向阳的湿泥窝里。半月后,癞蛤蟆嘴中长出豆芽,用竹筷子轻轻挑出……雄癞蛤蟆的四芽儿治疗女人的跌打损伤,雌癞蛤蟆的四芽儿治疗男人的跌打损伤。

杨四心里说,说也没有用,袁店河快没有水了,癞蛤蟆也没有药性了。

高文兵给杨四续上茶水:"哥,明儿我还来。"

桃花坞

刘靖安

桃花生得像一朵桃花。

父亲常说:"桃花,你妈生你的时候,我就在门外,我听到了你哭出的第一声。"说到这里,父亲还夸张地一挥手,说:"'哇——'的一声,我一回头,看到很多桃花飘下来,像下雪一样。你知道吗?我用那些桃花泡了水,让接生婆给你擦过身子呢!"

小的时候,桃花听到这些,她的眼里,迷茫就像雾一样,弥漫开来。大了些,桃花就缠住母亲,说:"妈,爸爸说的是真的吗?"

母亲往往笑而不答。

不管怎样,桃花喜欢上桃花了。

后来,桃花读书了。于是,每天清晨,桃花就捧着书本,来到几棵树下,仰着头,读一些、背一些和桃花有关的诗句。即使树上没有桃花,只是一树绿叶或是光秃秃的枝丫,可在桃花的想象里,那也是一树粉红色的花朵。久而久之,桃花觉得,自己也变成一朵桃花了,轻盈地飘上了枝头。

桃花初中毕业,因为成绩差,就没再读了。

桃花出去打工了。

桃花进了一家制衣厂。车间里,有一个小伙子,大家都叫他大山。

那天,桃花听到了大山和另一个人的对话。

一个人说:"大山,从你的名字看,你家住在大山里吧?"

大山说:"是的。"

那个人继续说:"那儿的景色一定很美吧?"

大山说:"你说呢?我们的村子就叫桃花坞。"

听到这儿,桃花心里一颤。桃花眼前,出现了大片大片的桃花,出现了纷纷扬扬像雪花一样飘落的桃花。桃花看见自己,慢慢走进了桃树林。桃花还看见自己,仰起了脸,迎上了飘落的桃花。她的脸上,全被桃花覆盖了。

从此,桃花坞那个陌生的地方,那个满是桃花的地方,成了桃花的向往。

不知不觉,桃花主动和大山走近了,亲密了。

有一次,桃花问大山:"桃花坞有桃花吗?"

大山反问:"你说呢?"

桃花又说:"春天的时候,桃花坞有人用桃花水洗澡吗?"

大山看着桃花,把桃花的脸看成了一朵粉红的桃花。大山忘了回答。桃花催促:"说呀!"

大山笑而不答,还是看桃花。大山的笑,和桃花母亲的笑一样,有些神秘。

桃花低下了头,轻声说:"春天的时候,你能陪陪我,去桃花坞看看桃花吗?"

大山说:"只要你愿意去,当然可以。"

说完,大山伸出双手,一把环住了桃花的腰。桃花挣扎了几下,就不动了,任由大山抱着。桃花的眼睛,过山,过水,一直看到了那个名叫桃花坞的小山村。那里,仿佛响起了桃花曾经背过的诗句,那些和桃花有关的诗句。

没过多久,桃花就像一朵桃花一样,让大山摘了,攥在了手里。

一晃,春天来了,百花盛开了。

桃花对大山说:"我们该回桃花坞了。"

大山不说走,也不说不走,样子很为难。

最后实在拗不过,他只得带着桃花,坐了火车,坐了汽车,坐了木船,然后爬了一山又一山,在一天中午时分,终于回到了那个叫桃花坞的小村子。

桃花坞坐落在一个小山坳里,四周被层层大山包围着。村子里,稀稀拉拉的是一些松树、柏树,和一些开放着的野花,却没有桃树。没有桃树,也就没有桃花了。桃花找遍了整个村子,都没有。桃花的心凉了。最后,凉透了。

桃花坞,竟然没有桃花。

第二天,大山就发现,桃花不见了。

桃花去哪儿了?大山不知道。其实,天不亮,桃花就走了。

走在出山的路上,桃花又想起了父亲。她明白,父亲给她取名桃花,是父亲和她一样,太喜欢桃花了。

桃花也知道,她家的院子里,并没有桃树,有的,只是几棵李树。那几棵李树,树干上全是黑黑的翻卷的皱褶,苍老得不成样子了。

走着走着,桃花就想明白了。她想找些桃树苗回去,栽在院子里,让她家的院子,成为一个真正的桃花坞。

乌夜啼

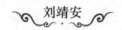

刘靖安

树上有一个鸟窝。

树在祥子家门前。树很高大。起初，祥子没注意，也没闲心去管，儿子的病，已经让他无暇顾及了。后来，祥子发现，两只黑黑的鸟飞来飞去，极快乐的样子。他突然明白，那两只鸟，是乌鸦。再后来，每天晚上，祥子便听到了一只乌鸦的啼叫声。那声音，和他的心情一样，有一种难言的忧伤。

村里人都说："乌鸦叫，不吉利呢，祥子的报应来了。"

祥子天不怕地不怕，当然不会像村里人一样迷信。但是，乌鸦整夜整夜地叫，叫得他心烦，叫得他无名火起。这天天一亮，祥子就爬起来，拿出他很久没用过的火药枪，装了药，对准那只鸟窝，就是一家伙。一只乌鸦扑棱着翅膀，和鸟窝一起，重重地掉在了地上。空中，一些黑色的羽毛，在火药味中，四处飞扬。

乌鸦躺在地上，地上一片殷红。一双眼睛，无神地看着祥子。乌鸦旁边，是一只摔出窝的小乌鸦。小乌鸦身上，还是一些浅浅的茸毛，很漂亮。

祥子一咬牙，提起右脚，踩了下去。

"爸爸，我要。"儿子说。

这时候，祥子的脚便顿在了地上。他顺势脚跟着地，脚尖就抬了起来。他的脚尖下，那只小乌鸦死里逃生。

祥子回头,儿子乞求的眼神,让他心一软。祥子挪开脚,说:"好吧。"

儿子笑了,苍白的脸上还泛起了红晕。

儿子很久没笑了。自从女人因为儿子的病,因为家里穷,逃离这个家以后,儿子就没有笑过。现在,儿子终于笑了。祥子回转身,在儿子脸上,亲了一口。然后,蹲下去,双手捧起小乌鸦,放到了儿子摊开的手心里。

有了小乌鸦的陪伴,儿子快活起来了。

可是,一连两天,小乌鸦除了喝点水,啥都不吃,一直蔫蔫的,有气无神的样子,让儿子的笑像凝固的冰一样,化不开了。

这天,儿子说:"爸爸,它是不是病了?"

"不会吧,它怎么会生病呢? 不会的。"祥子说。

"肯定是病了。"儿子的小手抚着小乌鸦的脊背,爱怜地说。

"也许是吧。"祥子顺着儿子的话说。

"给它看看病吧,爸爸。"儿子说。

看着儿子,祥子无言以对。为了给儿子治病,早已家徒四壁不说,还从亲戚那里借了一屁股的债,儿子已经断药两天了,哪有钱给一只乌鸦看病呢?

也许,儿子看出了祥子的心思,就说:"我不吃药了,先给它看病吧。"

祥子点了点头,然后,大步出门,坐在了屋檐下的滴水石上,看着远山,想,到哪儿去借钱呢?

最后,祥子只好硬着头皮,去找村主任。

祥子说明来意,村主任一言不发。祥子也不急,就那么枯坐着,等。

等了很久,村主任才说:"你呀,以前稍不顺你的意,就对大家非打即骂,知道大家恨你了吧,知道借不到钱了吧,平时呀,还是要积点德,不然,哪个帮你啊。我嘛,就大度些,不计较你的过去,就借你一百块钱吧。"

说完,村主任掏出钱,递给了祥子。

祥子接过钱,飞跑回家,抱着儿子,儿子抱着小乌鸦,一起去了镇医院。

一听说给自己看病,儿子就哭着说:"我不看,我不看。"

祥子明白儿子的意思,僵持了一会儿,只得依了儿子。

打听了半天,祥子终于找到了一家宠物医院。

医生听说是给一只小乌鸦看病,差点笑掉了大牙。但生意上了门,他只得装模作样地给小乌鸦看了。他给小乌鸦开了药,打了针,交代了些注意事项,最后收了八十元。回家的路上,儿子不断哄着小乌鸦,开心得不得了。

回到家里,儿子像个小大人似的,一天三次,像祥子哄他一样,哄小乌鸦吃药。小乌鸦不会说话,只是睁一双小眼睛,看着他,很幸福的样子。

药吃完了,小乌鸦还是一如既往,没有一点好转。

儿子呢,已经断药三个月了。

祥子借不到钱,心急如焚。

儿子的病情急转直下。

儿子不行了。儿子最终还是去了。

儿子闭上眼睛的时候,他的怀里抱着小乌鸦,一脸灿烂的笑容。

小乌鸦在儿子怀里,一动不动,也陪着儿子一起去了。

祥子把小乌鸦和儿子葬在了一起。

那天晚上,祥子披一身黑,坐在一座小小的坟茔前,哭了。那哭声,村里人都说,很像以前他家门前那棵树上的乌鸦。

屋顶上的油菜花

刘靖安

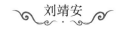

种了几十年的地,突然闲下来了,刘老汉的心里闷得慌。

傍晚,儿子大强和二强下班回来,刘老汉对他们说:"我又可以种地了。"

大强说:"做梦吧你,你当不成农民了。"

二强说:"是啊,你想种都没地呀,别东想西想的了,安心享你的福吧。"

刘老汉说:"这个,你们别管。"

第二天,刘老汉起了个早,他找出了尘封已久的锄头、扁担、箢箕,自个儿去了野外。没多久,刘老汉就挑回一担泥土,一直挑上了楼。

全家人疑惑不解,便尾随其后。

挑上屋顶,刘老汉放下担子,蹲在一边喘气。上了年纪,体力差了。刘老汉一边揩汗水,一边自言自语。看见大强、二强他们,刘老汉就指着箢箕说:"把土倒出来。"

大强没动,二强也没动。

大强说:"你,要在这上面种地?"

"不可以吗?"刘老汉懒得多说,他自己起身,倒掉泥土,又挑着担子下了楼。

刘老汉决定的事,五匹马都拉不回头。看着刘老汉的背影,大强、二强只有苦笑的份儿。

"让他去吧,我们不管了。"大强说。

"就是,折腾累了,趴下了,自然就收场了。"二强说。

可是,刘老汉的身子骨好像偏偏和大强、二强作对似的,迸发出了无穷的活力。第一天下来,刘老汉觉得肩酸背痛的,就自己揉了揉,捶了捶,睡一觉起来,又接着干了。第二天下来,刘老汉自我感觉还好,肩没昨天酸了,背也没昨天痛了,干脆不揉也不捶,吃过晚饭,就躺到了床上。后面几天,刘老汉不但挑得多些了,还走得快些了。走起路来,地皮都打战。刘老汉发现,自己好像年轻多了。

第十天,屋顶已经倒满了厚厚一层泥土,看不见一丝灰白的底色了。

刘老汉花了两天工夫,把土弄平了,把大块的捣碎了。然后,他掏开一小块地方,张开拇指和食指,量了量泥土的厚度。

"薄了薄了。"刘老汉一边摇头,一边拿起了扁担。

刘老汉一连又挑了三天。

一块地,在刘老汉的手里,终于诞生了。

那天晚上,刘老汉把全家人叫到屋顶,兴奋地说:"你们看看,种什么合适?"

"种什么都行,反正不能种水稻。"大强说。

"还用你说,三岁娃儿都晓得。"女人呛了大强一句。

"种小麦吧。"二强说。

刘老汉没有肯定,也没有否定,而是走到孙子刘星面前,说:"刘星,你说种什么好呢?"

刘星抠了抠后脑勺,然后像发现新大陆一样,说:"种油菜,我好久没见过油菜花了。"

"好吧,听刘星的,就种油菜。"刘老汉一拍大腿,就像拍卖场落下的槌音,没人再反对了。

油菜,终于种上了。

刘老汉每天做的事,就是三顿饭后,守着那块地,想象着油菜发芽、出

土。然后,看着油菜生长。有时,他看一株油菜,一看就是老半天。油菜越长越高了,他又忙着锄草、施肥,干得不亦乐乎。

油菜,终于开花了。

粉黄色的花朵铺满了屋顶。远看,金黄的一片,像一片金黄的云彩,飘浮在空中,凝固在刘老汉家的房上。

人们都不敢相信自己的眼睛。油菜花怎么跑到刘老汉家屋顶上去了?人们互相傻傻地打听着。为了一看究竟,相信的人,不相信的人,都到刘老汉家来了。

刘老汉把他们一批一批带上了屋顶。

看够了,就有人说:"刘老汉,看不出来,你还挺有创意嘛。"

还有人说:"刘老汉,你这么大岁数的人了,还挺浪漫的嘛。"

刘老汉搓着手,嘿嘿地笑。

傍晚时分,送走最后一批客人,刘老汉站在菜地边,看着远远近近被围墙圈起来的田地,心里的喜悦一点点地消失了,代之而起的,是一些说不清道不明的惆怅。

楼下,大强在喊刘老汉吃晚饭了。

刘老汉答应着,下楼。突然,他的脚下一虚,从楼梯上滚了下去。

刘老汉住进了医院。

医生说,刘老汉是内伤,很重。

临终时,刘老汉拉着刘星的手,看着大强和二强,说:"保住屋顶那块地,继续种下去。"

刘星没回答,只是喊着爷爷,哭。

突然,刘老汉看到了刘星身上那些星星点点的油菜花粉,笑容就露了出来。

人们都说,刘老汉含笑而终,走得很安详。

坚持树

许　仙

　　祖父成家后,在房前屋后种了很多种树。

　　这是老家的风俗。

　　这些树就像祖父的儿女,在祖父的关爱下,苗壮成长。

　　等到儿女们都长大成人,这些树也都成材了,可以派上用场了。在这些树中间,那些质地优良的大树,先后被砍走了,它们成了女儿的嫁妆,成了儿子的家具,甚至成了祖父母安息的棺材。儿女们翅膀都硬了,飞走了,老屋前后的树也就剩下两棵了。

　　这是两棵杨树,或别的什么树,都是木质疏松、派不上什么用场的树。

　　就连祖父也纳闷,当初怎么会种上这么两棵差劲的树呢?

　　当然,这两棵树也不是一点用场都没有。

　　当它们长到二十五六年的时候,曾经有人向祖父购买这两棵树,但价格相当便宜。祖父并不介意树的贵贱,只是很好奇:"这种松垮垮的树你们要去做什么?"

　　他怕对方吃亏。但对方说,他们就是要这种树,方便加工。他们是拿去加工牙签的。但不知什么缘故,这两棵树最后没有被砍走。

　　当它们长到四五十年的时候,又有人向祖父购买这两棵树,价格也不高。祖父并不介意树的贵贱,只是很好奇:"这种松垮垮的树你们要去又做什么呢?"

他怕对方吃亏。但对方说,他们就是要这种树,木质疏松,体积又大,将它镂成独木舟,浮力就大,最适合在溪河中漂流。他们来自一家山地公园,在搞特色旅游,独木舟比现代的皮划艇更有特色。但不知什么缘故,祖父并没有卖掉这两棵树。

后来,祖父去世了,这两棵树也就无人问津了。

这两棵参天大树,就成了老家的风景。每年我们回老家探亲,只要远远地看到那两棵树,就会很激动,一种到家的感觉油然而生。

前年,一场罕见的大台风,将这两棵大树折断了,根也拔起了。父亲不得不请人将它们清理了。因为树的质地太差,根本派不了用场,就只好将它劈成木条,一天天地塞进灶膛里,最后全都烧成了灰。父亲很替这两棵祖父亲手种下的树可惜,说:"早知如此,卖给牙签厂也好,卖给山地公园也好,总比现在当柴火好吧。"

我给父亲算了一笔账:

如果它们是很好的树,就活不到二十年,便被打成嫁妆和家具。

如果它们做成牙签,就只能活到二十五六年。

如果它们做成独木舟,就只能活到四五十年。

但现在,它们却活了七八十年。

我说,不是任何东西都应该以价值而论的,尤其是以一种价值。在我的记忆中,这两棵没用的大树,就是老家的风景。春天,鸟儿们在大树上筑巢;夏天,知了们在大树上高歌;秋天,蛐蛐们在大树下弹琴;冬天,大雪过后,太阳下的大树像一则美丽的童话。如今我虽远离老家,大树也不存在了,但它们依旧是我的人生风景,温暖我一生。这一切都不是用钱可以衡量的。我想,祖父之所以没有卖掉它们,肯定是有原因的。

犬 祭

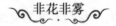

非花非雾

十三岁的甲洛在离家一百多公里的自治县中学上学,他是乡长的儿子,但他在地图上找不到家乡的位置。它实在太小了,只是藏北的一片草坝子,四周是连绵的雪山,不走近,很难发现这里还有人家。

甲洛很想家,总盼着两周一次的休假,坐着大客车到山口,阿爸扎西会骑着乡里唯一的摩托车把他载回家。

拉巴相距一二十米就颠颠地来迎接他,围着摩托车摇头摆尾,一改平日凶残的面相,变得温顺可爱。

甲洛从摩托上跳下来,便和拉巴滚到一处。五月的阳光很暖和,照着绿毯似的草地,羊群在草丛间懒洋洋地吃草。

拉巴是藏北草原上特有的牧羊犬,学名藏獒,足有小牛犊那么大,通身油亮的黑毛在阳光下闪出一圈幽蓝的光晕。它两耳耷拉着,大得能盖住半边脸。生人与它对视,会被它眼中的寒气吓得打哆嗦。

但它是乡长扎西的好帮手,放牧时,每次与狼遭遇,它都毫不畏惧,英勇异常。它与狼厮咬时又凶又狠,四周几十里内的狼都不是对手,几次与狼群交手,咬得狼群落荒而逃。白天拉巴随着主人外出护牧,晚上它睡在主人帐篷外放哨,因为有它,附近牧民的羊都没损失过一只。

这晚甲洛在帐篷里,拉巴在帐篷外,静静地过了一夜。天亮时,拉巴突

然拉长声音嘶叫起来,像狼的悲鸣。扎西说:"拉巴这几天很怪,一直悲鸣。牧民们接二连三死了十几只羔羊,大伙没有见到狼,都怀疑是拉巴野性发作时咬死的。"

甲洛跑出帐外,看到拉巴正对着太阳升起的方向引颈长鸣,四周一片野性的、神秘的恐怖。

"拉巴,"甲洛叫,"是你干的吗?"

拉巴回头望了甲洛一眼,向远处跑开。

甲洛赶着羊群去放牧。晚归的时候,看到门前牧民围了一圈。

甲洛挤进去。拉巴蜷成一团,双爪朝前,脸趴在双腿间,身子一动也不动,两只眼睛却四处张望,眼里仿佛挂着泪珠。它那光滑明亮的黑毛被风吹得竖起来,在风中抖动着。一见到甲洛,它猛地跳起来,扑向他,但它的身子趔趄着,倒在地上。它的脖子和后腿被包扎得严严实实,血微微渗透纱布。

甲洛颤抖着用手轻抚拉巴的脊背。他转过头来,生气地大吼:"拉巴怎么了?"

乡长扎西推开围观的牧民,手里抱着一只死去的小羊羔,走到甲洛面前,用藏语数落着:"该挨枪子的狼群,大白天竟敢闯到牧区防护栏里,咬死羊羔。拉巴……"

看到血淋淋的羊羔,拉巴愧疚地垂下头,像一个自责失职的卫士。

一个牧民不满地说:"这么多年狼群都不敢白天进牧区的防护网,这些天就是怪,拉巴总是狼哭,说不定是它把狼给招来的。"

甲洛愤怒地说:"你胡说,拉巴决不会犯野性的。"

甲洛慢慢走过去,抱紧拉巴的身体,想让它进帐篷。但拉巴挣脱了,依然伏在门口。它低低地咆哮着,从胸腔发出的重低音,震得地面共鸣着。

这时,人们突然发现,将近五六十条大大小小、花色不同的狗不知何时在他们周围形成一个半圆。这些狗或站立,或半卧,都竖着耳朵,目光炯炯,复仇的火焰从眼睛里喷射出来,每条狗的喉咙都发出低沉的咆哮,仿佛天边滚滚惊雷,令人毛骨悚然。

狗群的愤怒比狼群的威胁更惊心动魄,牧民们被这种原本忠厚驯顺的生灵震慑了,眼望着它们向牧场外的山口飞奔而去。

乡长扎西招呼猎手们骑上马,拿起猎枪追了出去。当他们半夜回来时,拉巴软塌塌地趴在扎西的马上,紧紧闭着双眼——它拼尽最后一口气,死死咬住了头狼的咽喉。

群狗呜咽着,眼里都淌出了泪水。牧民们按着藏族人对朋友的礼仪,为拉巴诵起佛经。狗群在梵唱里慢慢散去。

甲洛病了,发着高烧,不停地叫着拉巴。

第二天一早,散开的狗群又聚拢起来,一起对着太阳升起的方向长鸣,情景怪异。

午后,阳光明媚的天空突然黑暗下来,狂风滚过草原,一大团乌云从东南方向涌过来,迅速铺满天宇,像巨大的拉巴的身躯笼罩了上空。

人们分明感到大地在震动。

当强烈的震动过去后,下起了大雨。雨过天晴,草原又一片明朗。

电视里说,东方的四川发生了大地震。乡长扎西忙着召集牧民把帐篷、酥油、糌粑装上马车,运出山口,从县里送往灾区。

甲洛一直病着,他总梦见一个穿黑袍的黑黑壮壮的少年,与他一起在草原奔跑、欢笑。

扎西又抓回一条小狗,和拉巴小时候一模一样。一来,它便围着甲洛打转。甲洛挥手赶它:滚!但小狗不走,用一双小眼可怜巴巴望着他。

甲洛叫了一声"拉巴",小狗便钻进他怀里。甲洛抱起小狗,终于哭出声来。

麋鹿安亚尔

毛毛虫

生活在美国黄石国家公园的众多野生动物中,有灰狼和麋鹿这对冤家对头。

之所以说它们是冤家对头,是因为麋鹿不仅是灰狼的天然美味,有时也是灰狼生命的终结者——很多灰狼在捕杀麋鹿时死在麋鹿的角上。

安亚尔是一只未成年的雄性麋鹿,出生时它的母亲就死了,是黄石公园的志愿者将它养大的。上星期,志愿者觉得它能够独立生活了,于是将它放了出来,并有意识地让它跟着奥普——一只身材高大的成年雄性麋鹿。

这天傍晚,安亚尔和奥普在红霞铺满水面的河边吃草,一只灰狼从不远处的草丛中悄悄靠向这边。安亚尔首先发现了敌情,一声惊叫,撒蹄逃跑。奥普也急忙抬起头,在作势要逃的同时又不由得向敌人的方向看去。当奥普看清了来犯之敌时,竟然收起脚步,停下,继续啃草。

灰狼发现偷袭的阴谋败露后就干脆跳了出来,堂而皇之地追赶过来。它原本要追捕安亚尔,但见到奥普停下,就转而追向奥普。可是令这只年轻的灰狼没想到的是,等它跑到奥普近前准备扑上的时候,一直低头啃草的奥普冷不防猛一扬头,那对树枝状的角准而狠地挑上了它的腹部。灰狼一声惨叫,奥普再猛一甩头,"啪"的一声,灰狼被摔到十米开外的地方。

奥普继续低头吃草。灰狼却在地上哀嚎着挣扎了几下就不动了——这

只也是由人工养大的狼,不知道自己作为一只未成年狼根本就不是成年雄鹿的对手的常识,更不知道雄鹿奥普在与灰狼长期的周旋过程中早已练就了"知己知彼"的能耐。

已经站在百米开外一个高坡上的安亚尔看到了这场短暂却惊心动魄的战斗,当它确定灰狼再不会对它构成威胁的时候,跑了回来。安亚尔首先来到灰狼旁边,昂首挺胸,跳着,叫着,再用它那还没有完全长成的角挑弄着敌人还在流血的尸体。然后,安亚尔又跑向奥普,嘴贴着奥普的嘴,发出欢快的叫声——它一定在把最美好的赞词送给它的英雄吧。

几天后,安亚尔和奥普一起吃草时,又一只灰狼来了。安亚尔见了,虽然一开始还是本能地要逃跑,但当它看到奥普没有动的时候,也停了下来,站到奥普身后。这是一只即将成年的雄性灰狼,它在距离奥普还有三四米的地方停住了,张口大嘴,向着奥普嚎叫——似乎,它觉得自己不是对方的对手,希望用这种方式战胜对手。可是奥普依然漫不经心地啃着草,不时抬头向灰狼摆动那对威风凛凛的树枝状的角。

见奥普不为所动,灰狼就要绕过奥普去猎杀安亚尔,可是任凭它怎么努力,奥普都像一座移动的山一样挡在它的面前。

如此僵持了近半个小时,奥普不耐烦了,抡起它的角冲向灰狼——灰狼终于以这种不光彩的方式灰溜溜地逃跑了。

安亚尔对奥普更加崇拜了。

这天,是奥普首先发现了又一只灰狼来袭,可是它没有像前两次那样继续吃草,而是一声惊叫撒腿就跑,边跑还边向身旁的安亚尔发出急切的呼唤。安亚尔呢?在短暂的惊恐中跑出了几步,却突然停了下来——我们无法知道安亚尔此时的心理,难道它认为它的偶像奥普是在和它做游戏或者在教它本领吗?总之,它停了下来,像上次奥普那样,低下头继续吃草,又像奥普那样,向着飞奔而来的灰狼——一只成年大灰狼,摆动着它的角——那还没有成熟的角!

大灰狼仿佛被安亚尔的气势镇住了,不由得停下脚步。安亚尔又低头吃一口草,接着扬起它那没有成熟的角,昂首挺胸,迎上大灰狼……

忽然,大灰狼一声嚎叫,扑向安亚尔……

可怜的安亚尔,至死大概也不知道:为什么奥普可以做的事自己就不可以做呢?